粉妝膳謀

卷一

意千重 著

第一章 要這美貌何用？

上元節剛過，長安城的暖風便迫不及待地吹綠了灞橋的柳枝，再吹薄了小娘子們的衣衫，卻怎麼也吹不暖杜清檀那顆冰冷絕望的心。

她面無表情地注視著銅鏡裡的自己，冷白皮，細長眉，鳳目媚，唇瓣粉，天鵝頸，身形纖長。

柔弱無辜，我見猶憐，確實是她從未有過的美貌。

杜清檀裝模作樣地捏了個蘭花指，卻被自己這舉動嚇得一個激靈，暴躁地將銅鏡摁翻，長長嘆了口氣。

真是有夠倒楣，穿成窮逼病弱孤女一個，走一步喘三氣，風都能吹倒，要這美貌何用？和她一點不匹配，散打搏擊冠軍，獅子座鋼鐵直女，在這裡根本毫無用武之地！

「五娘，蕭家來人了，帶來好多禮品，大娘子讓您趕緊梳洗了去見客，您就要苦盡甘來了！」婢女采藍推門而入，歡喜中帶了幾分抱怨，「主君過世後他家再沒露過臉，這都兩年多了，總算想起來還有這麼一門親事。前幾天大娘子還念叨著，幸好來了。唉，無論如何，總是好事。」

杜清檀懶洋洋地趴在几案上，沒有半點興趣，「就算來了也未必是好事。」

這是她那位枉死的便宜老爹早年給定的親——蘭陵蕭氏，歷經幾朝的百年門閥，祖上出過皇帝和皇后，與當時尚且興旺的杜家算是門當戶對。但自從她爹捲入朝政紛爭枉死後，家財散盡，奴僕四散，只剩下她和寡居的伯母楊氏及幼小的堂弟團團相依為命，勉強度日。

蕭家不聞不問，四時八節也未按著規矩走禮，顯然是後悔了的。

聽聞她那位傳說中的未婚夫蕭七郎才貌雙全，科舉順遂，前途無量。

這樣的人，怎麼肯屈就這樁賠本的婚事！

「那倒是。」采藍神色瞬間黯淡下來，默默翻出一件五成新的月白色短襦，再配一條半舊的天水碧羅裙，在杜清檀身上比劃又比劃，無奈一嘆，「這都舊了，短了，而且連件像樣的首飾都沒有，按說您該好好裝扮一番才是，都兩年多沒露面了呢！」

堂堂京兆杜氏貴女，窮困如斯，竟然連件體面的衣裳都穿不起了，實在讓人心酸。

「倒也不必在意這些虛的。」

杜清檀自來不看重衣服首飾這些外在之物，能穿就行了，何況對方又不是什麼要緊人物。

「怎會是虛的呢？體面總是要的。」采藍挑剔地看著她的前胸，「您實在太瘦，這都沒胸了！必須打扮好看些，他家見著您這麼美，一定捨不得。不成，得弄一弄才行！」

片刻後，采藍手裡抓了兩團發黃的舊絲綿，妄想塞進杜清檀的前胸衣襟，「把這個塞進去就好了！」

「又皮癢了？」杜清檀耐心殆盡，威脅地抓起雞毛撣子，但她天生弱不勝衣，擺出這麼一副凶悍模樣也不過像是小奶貓哈氣伸爪子罷了。

「哎呀，生什麼氣嘛！婢子都是為了您著想，脾氣真是越來越壞了。」采藍一點不怕她，「就算不塞這個，也該搭塊披帛擋一擋……」

「滾！」杜清檀舉起雞毛撣子，沒胸礙著誰啦？

她又不奶孩子，況且這能怪她嗎？

沒變成嬌弱美人之前，她的胸堅挺漂亮，恰到好處，不知被多少人羨慕！

唉！想起自由滋潤強壯的從前，杜清檀暴躁到生無可戀。

采藍敷衍地道：「是婢子錯了，咱們快走吧！」

破落戶的宅子小得很，後院到前院就幾步路。

杜清檀走進正堂，就見地上放了一堆禮盒，一群衣著光鮮的僕婦、婢女圍著兩個裝扮華貴的婦人，再一旁的主位上坐著她的伯母楊氏。

「五娘，快來拜見蕭夫人。」楊氏神色凝重，語氣低沉。

她本以為蕭家是來談婚期的，畢竟杜清檀守孝期滿，年齡也不小了。

誰知她反復提了幾次都被對方擋了回去，思及這幾年蕭家的表現，只怕婚事已經生了變故。

「見過夫人。」杜清檀屈了屈膝。

蕭家長媳裴氏出身河東名門，生得圓臉富態，高髻金梳碧玉釵，寶藍燙金花羅衫配著大紅八幅裙，腳下一雙精緻的絲質高履，盡顯富貴。

「聽說妳一直病著，看這樣子是還沒好，氣色太差了！」

裴氏嫌棄地打量著杜清檀，衣裙半舊，袖口和裙腳都短了，頗不合身，頭上也只有一支寒酸的木簪子。

個頭倒是高，臉也生得極美麗，舉止穩重。就是胸部太平，屁股太小，整個人瘦弱蒼白，不折不扣的紙糊美人，別說操持家業主持中饋，怕是傳宗接代都做不了。

再看看杜家這窮愁沒落的樣子，確實是配不上她的兒子七郎了。

任誰也不喜歡見面就被人說是氣色差，何況是這樣倨傲的姿態和語氣。

杜清檀面無表情，語氣也不好，「勞您費心，我還好。」

「人吃百樣米，樣貌各不同，我們杜家女兒都是天生的婀娜。」楊氏趕緊做了補充。

無論如何都不能落下「重病纏身」之說，否則對孩子的前途大為不利。

裴氏早就下定了退婚的決心，懶得糾纏這些細枝末節，自顧自地道：「我今日來，是有件喜事與妳們商量。前些日子，我家老夫人得了個奇怪的夢。夢裡佛祖說，有個小娘子與她有前世定下的祖孫緣分，需得趕緊了結，不然業障纏身，不得安寧。追問人在哪裡，佛祖說是姓杜的，名字裡有個檀字，與佛有緣。醒來時言猶在耳，室內猶有異香未散，我家老夫人實在不敢不信，叫了家裡人一合計，想起來五娘不就是姓杜，名字裡又有個檀字！為慎重起見，老夫人特意去了大慈恩寺請教玄空大師。大師確認就是五娘，讓趕緊收了做孫女兒消災解厄。所以啊，七郎和五娘的親事怕是不能成了。」

杜清檀聽笑了，不就是想悔婚嘛！

這個理由足夠清奇，真是費心了，想必一家子人琢磨了很久吧？

因見楊氏憤怒欲言，便握住她的手，表示聽完再說。

裴氏接著道：「我們再一琢磨，想起五娘從小三災八難的，她娘生她難產死了，伯父沒了，她爹又莫名其妙犯了事。你們家這日子越過越差，她自己也是重病纏身的，確實是很不好啊！」

只差沒直說杜清檀剋父剋母剋全家，還剋自己了。

「欺人太甚！」楊氏再也忍不住，怒聲道：「悔婚就悔婚，直說自家嫌貧愛富，要另攀高枝得了，拿神佛說什麼事！自己背信棄義，還要踐踏我們五娘，天下哪有這般道理！」

裴氏惱羞成怒，高聲道：「妳這人怎麼這樣！我說的哪句有假？我這不是為了孩子著想嘛！我還要收她做義女呢，怎麼踐踏她了？」

「我呸！真為孩子著想，為何這些年從未上門看過問過？」

楊氏可不是個好欺負糊弄的，當即吵了起來。

「做什麼義女！兒媳變義女，府上真是好算計！背信棄義要悔婚，還怕名聲不好聽，非得拉著我們孤兒寡婦給你們當遮羞布？真敢想！蕭家列祖列宗的臉面都給你們丟乾淨了，臭不要臉！」

「妳個粗魯沒見識的村婦，好心當成驢肝肺！」

裴氏在家主持中饋，說一不二，並不是容得人的性子。

二人互不相讓，更不肯聽勸，吵得只差沒把房頂給掀了。

杜清檀只覺耳邊恍若有上千隻鴨子在叫，鬧得人控制不住的暴躁，索性一把推翻了矮几。

砰地一聲巨響，裴氏和楊氏嚇了一跳，同時住口回頭查看是怎麼回事？

只見杜清檀坐在那裡撫著胸口，細眉微擰，臉色蒼白，氣息不穩，搖搖欲墜，倒像是嚇得比她們還要厲害些。

裴氏也沒想到她是故意而為，因覺剛才罵不過癮，還要回過頭去繼續吵，就聽杜清檀細聲細氣道：「有事說事，別瞎扯，不然滾出去！」

「是妳推的桌子？」裴氏大吃一驚，認真看向杜清檀。

真沒想到，這麼個安靜嬌弱的紙美人，脾氣竟然這般大！

杜清檀懶得多說，懨懨地道：「送客。」

在她看來，有事就解決，吵架完全是浪費口舌和時間。

真要洩憤的話，直接上手就好，皮疼肉痛了才能觸及靈魂，才能讓對方記住教訓。

若不是她體虛無力揍不了人，哪能忍到現在，早出手了。

楊氏一個眼色，采藍立刻拿著笤帚進來，對著裴氏等人腳下一陣亂掃，惹得蕭家人一陣雞飛狗跳。

裴氏從沒這麼丟臉過，氣得發抖，板著臉厲聲道：「走！」

與她同來的那位年輕婦人連忙摁住采藍的笤帚，涎著臉笑，「都消消氣，且聽我一言。事情已經到了這地步，婚事是一定不成的了。為了孩子們著想，還得漂漂亮亮收個尾才是。不然這麼下去，小姑娘拖成老姑娘，可就不好了！」

煩死了，廢話一堆！杜清檀撩起薄薄的眼皮，「妳誰啊？」

她真心實意懟人，可惜聲音細軟無力，再配著這副柔弱的可憐樣，半點氣勢全無。

年輕婦人自是不會與這麼一個柔弱可憐人計較，笑咪咪道：「我是七郎的四嬸，娘家姓崔，咱們以前見過的，那會兒妳才齊我的胸高呢！這樣吵下去不會有結果的，聽我勸一勸，如何？」

杜清檀挑釁不成，只好強行壓下暴躁，持續面無表情。

楊氏母雞似地將她護在身後，警告崔氏，「快說！」

崔氏語重心長地道：「七郎和五娘都是好孩子，被這樁沒緣分的婚事耽擱了多不值啊！我們真心想收五娘做義女，見面禮都帶來了，趁著天色還早，索性把禮行了，改日請了左鄰右舍和族裡吃吃喝喝說說，就掰扯清楚了。事出有因，傳出去也不怕別人亂嚼舌頭，不影響五娘另行婚配，如何？」

繞來繞去，就是既要做婊子又要立牌坊，非得逼著孤兒寡婦忍氣吞聲替他家遮羞，以保全他家的好名聲。

「不如何！退婚就退婚，現在就算你們求著我們也看不上了！約好日子，兩邊都去請了族裡，當面鑼，對面鼓地掰扯清楚！」楊氏噁心得不行，「別再給老娘扯什麼神啊佛啊義女的，當今天下姓武不姓蕭！聖上夢見神佛示喻那是應當的，你們算什麼東西！還以為是前朝那時候呢？」

這話夠誅心的，且近來朝中謀反株連案件頻發，別說崔氏，便是傲慢驕橫如裴氏，也是當即變了臉色。

「走！與這種粗鄙無禮的村婦扯不清楚。且等著，有你們求我的時候！」

裴氏討不了好，只得用力一甩袖子，仇恨地瞪了楊氏和杜清檀一眼，走了。

「唉，這可真是……好說好散不行嗎？非得鬧得這樣難看，到底吃虧的是你們。」

崔氏假惺惺地嘆了口氣，見杜家人並沒有後悔的意思，只好示意奴僕拿起地上的禮品跟著離開。

裴氏登上馬車，陰惻惻地看著杜家低矮簡陋的門頭，冷笑連連，「不識抬舉的破落戶，福薄短命的小賤人！」

崔氏在她身旁坐下來，擔憂地道：「大嫂，這窮酸油鹽不進的怎麼好？若是鬧到兩邊族裡，掰扯起來就很難看，對七郎的名聲更是影響不小，萬一傳回我娘家那邊就不好了。」

蕭家悔婚，自是因為有了更好的婚配對象。

當世最講門第出身，隴西李氏、趙郡李氏、太原王氏、范陽盧氏、滎陽鄭氏、清河崔氏、博陵崔氏等五姓七望，是為頭等的高門大戶，世人皆以娶五姓女為榮。

此種高貴榮耀，便是尚公主也比不上。

而清河崔氏近來接連出了好幾任宰相，可謂風光無比、權柄在握，倘若蕭七郎能夠與之結親，前途必然順遂無比。

這樣的婚姻有多難得自不用說，所以這欺負孤兒寡婦、背信棄義悔婚的名聲定然不能傳出去。

裴氏陰沉著臉慢慢轉了會兒腕間的金鑲玉鐲，眼裡露出凶光，「敬酒不吃吃罰酒，這樣的不知趣，為了我兒的前程，少不得要動些非常手段了。我記得楊氏的兒子在宣陽坊讀書……叫屠二過來。」

送走惡客，屋子裡瞬間清淨下來。

杜清檀長長地舒了口氣，閉上眼睛躺下，示意采藍給她揉揉太陽穴。

躺了會兒，突然覺得氣氛不大對，睜眼一看，只見楊氏怔怔地看著她，眼淚流得滿臉都是。

「別哭了，不值得。」杜清檀向來不怎麼會安慰人，只覺得自己詞彙貧乏，索性掏出手絹遞過去，「我又不在意。」

誰想楊氏接過她的帕子一看，哭得更厲害了，「這手絹都快破洞了妳還在用，都怪我沒本事，守不住家業，害得妳吃苦受罪，被人欺辱……」

杜清檀很無語，眼看楊氏哭得越發厲害，索性伸出手臂摟住她的肩頭，「算起來也是我一直生病吃藥，把家裡吃垮了。還有，大伯母是不是也如同裴氏所言那般，認為我剋父剋母呢？」

「胡說八道！妳娘又不是因為妳死的，我不也生過病吃過藥？」楊氏立刻收了眼淚，憤怒地道：「那就不是個東西！按照她的說法，我還剋夫呢！」

杜清檀喜歡楊氏的爽利性子，更感激她這樣照顧自己，便輕輕一笑，「既然知道她不是個東西，還哭什麼？」

「我就是太生氣了啊！」

生氣、屈辱，卻無力無處發洩，不是就只有哭鼻子了嘛！

杜清檀哄孩子似地拍拍她的肩頭，「哭好了就來商量該怎麼辦才好？」

活了幾十歲，還不如孩子冷靜懂事。

楊氏不好意思地接過采藍遞來的帕子擦了臉，「這事還得族裡出面解決，我這就去杜陵。稍後團團也要下學了，妳在家等著他。」

京兆杜氏自西漢起便名臣輩出，鼎鼎有名的凌煙閣開國二十四功臣之一杜如晦正是本家代表人物，只可惜後續無人，如今族中多是寂寂無名之輩。

而杜清檀家又是旁支，上兩輩便搬出了杜家世居的杜陵，只有逢年過節或是婚喪嫁娶等大事才會回去，日常與族裡聯繫並不緊密。

也正是這個原因，裴氏才敢如此囂張霸道地欺上門來。

但無論如何，只要族裡肯出面，總能讓蕭家不好過。

杜清檀卻覺得族裡不會管太多，畢竟自己這支的成年男丁已經死絕，餘下一個團團尚且年幼不知前途如何，誰會願意為了他們去得罪蕭家呢？

楊氏這一去少不得也要低三下四求人，不如另想他法。

楊氏嘆道：「不是我不通人情世故，只是這事無論如何都要告知族裡，不說就不對，況且這也是最便捷簡單的法子。行了，妳先去歇會兒，別回頭又生了病。」

事不宜遲，趁著天色還早，楊氏帶上粗使婆子于婆，雇了輛驢車火速往曲江池南邊的杜陵去了。

杜清檀回房躺了會兒，瞅著時辰差不多就起了身，走到前頭叮囑男僕老于頭，「時辰差不多了，你去接團團，路上小心些，別耽擱，別與人鬧紛爭。」

團團已經七歲，兩年前由楊氏給他開了蒙，家裡請不起先生，便在宣陽坊一個杜氏宗親家裡附了學。

宣陽坊和他們住的永寧坊隔了一個坊區，雖說不算遠，但不怕一萬，就怕萬一。況且之前她看裴氏眼神陰沉狠戾，總覺得這種人跋扈慣了，也不講什麼道義，做事必然不擇手段，自家怎麼小心都不為過。

「五娘放心，老僕無論如何都會護得小郎周全。」

老于頭與于婆是一家，老倆口無兒無女，待杜清檀和團團就和自家小輩一樣疼愛。

杜清檀自是放心的，等老于頭出了門，便去廚房看采藍做飯。

其實不過是些粗糧蔬菜罷了，並沒有肉食之類的。

當然，想吃也沒得吃，不止是窮，還因為女皇篤信佛教，下令禁屠宰。

有權勢的人家可以冒著風險偷偷弄了肉食解饞，他們這樣的小可憐就算了，又不是嫌命長。

所以杜清檀看著那黃燦燦的小米，以及滿眼的青綠素菜，心裡淒風陣陣，覺得人生又慘澹了幾分。

她想吃大白米飯，想吃油汪汪的紅燒肉，想吃香噴噴的烤雞啊！

就算沒有，好歹也給她一個白麵餅子加顆蛋之類的，這才是病號需要的啊！

采藍被她絕望悲涼的目光看得受不了，索性趕她走，「快去歇著，小郎回來就叫您。」

杜清檀出了廚房，便去大門口站著往外張望。

團團這孩子年紀雖小，卻長得玉雪可愛，聰慧乖巧，她最喜歡的就是這個小堂弟了，半天沒見，怪想的。

日影一點點的斜下去，始終不見老于頭和團團回來，杜清檀慌了起來，難道蕭家真對這孩子出手了？

不成，得去瞅瞅。

采藍也擦著手走了出來，「飯好了，怎麼還沒回來？」

「我們去接他們。」杜清檀見采藍想拒絕，便將眼睛一瞪，「不許多話！」

「知道了。」采藍無奈地取了帷帽給她戴上，攙著她往前走。

杜清檀走得很慢，走一段路就要停下來歇一歇。

采藍也沒有嫌煩的意思，反而誇她，「您這身子骨真是比從前好多了，之前哪裡敢上街啊！」

杜清檀沒吱聲，只管睜大眼睛在過往行人裡尋找老于頭和團團，然而一直走到宣陽坊，還是沒見著人。

采藍奇怪道：「難道錯過了？要不就是還沒放學？」

杜清檀緊抿著唇，儘量加快速度趕到杜氏宗親家中。

門房見到她們很驚奇，「今日先生有事，提前放了學，小郎早在半個多時辰前就走了。府上的老于頭也才來過，還沒回家去嗎？」

杜清檀皺起眉頭，「沒見著，不知他是否與同學同行？」

門房笑道：「因放學早，其他學生約了去東市閒逛，小郎說要回家背書，是自己走的。」

團團懂事，知道家裡沒錢，所以遇到這種要花錢的事都會避開。

杜清檀發愁地看向街道，這麼大個長安城，團團和老于頭究竟去哪裡了呢？

雖然難，卻也不能什麼都不做。

主僕二人沿著團團往日上下學的線路依次尋找過去，逢人就問，卻也沒能問出個名堂來。

「五娘，那是小郎的書包！」采藍激動地指向前方。

那是一個穿灰色粗布圓領缺胯袍的年輕男人，抱著一把橫刀，漫不經心地斜靠在坊牆上，看起來像個遊俠。

他身後跟著一匹老得斑禿了的灰驢，正在專心地啃食牆縫裡的野草。

灰驢的脖子上，掛著團團的書包。

杜清檀這會兒已經累得不行，歪著帷帽，撫著胸口，說一句喘一下，「這位俠士……請問您這個書包……是從哪裡來的？」

男人身量極高，半垂眸子，居高臨下斜睞著她，濃密捲翹的睫毛裡透出的目光又清又冷，「五十文！」

杜清檀和采藍愣了片刻才明白，他是要她們給錢才肯說。

采藍先不滿了，潑辣地道：「五十文都夠買三斗米了，你怎麼不去搶？」

年輕男人完全無視她，只看著杜清檀淡淡地道：「妳應當曉得，重要的消息是用錢換不來的。」

杜清檀立刻明白了，「那是自然，給你五十文！」

年輕男人嘴角輕輕一勾，露出一個淺淺的笑容，潔白修長的手掌往她面前一伸，「給錢。」

杜清檀身上是沒錢的，當即給了采藍一個眼神。

采藍心不甘情不願，肉疼得直哆嗦地解下腰間的錢袋子，嘣著厚厚的嘴唇小聲嘀咕，「長得人模人樣的，怎麼這樣！只有四十文，多的沒了，這還是我們家幾天的口糧錢呢！」

年輕男人也不計較，把錢往懷裡一塞，解了書包丟過去，指著前方道：「人在那間屋子裡，哄著那孩子去車裡看猴戲，然後就鬧騰起來，說是偷了東西。孩子鬧騰得厲害，書包也扔在街上，接著一個瘸腿老者找過來，和他們吵鬧一回，兩個人都被拉進那道門去了，說是要報官。」

「胡說！我們家小郎乖巧懂事，才不會偷東西呢！」采藍又氣又急，「五娘，這可怎麼辦？」

才和蕭家鬧過，就出了這樣的事，多半是裴氏設了圈套，要借此逼迫自己和楊氏就範。

杜清檀微一思忖便有了數，當即和采藍說道：「不急，一時半會兒不會有性命之憂。我在這裡守著，你去請武侯過來。」

長安城共計一百一十坊，各坊均設置武侯鋪管理治安，武侯便是緝盜安良的公差，這種事正該歸他們管。

「只要不是殺人放火之類的大事，要請武侯就得給錢，婢子沒錢了。」

采藍目光炯炯地盯著一旁的年輕男人，希望這人能夠良心發現，把錢還回來。

然而年輕男人坦然大方地由著她看，絲毫沒有羞愧之意，更沒有願意還錢的意思，只提醒她們，「一共兩個彪形大漢，手臂有我兩隻那麼粗，能輕輕就能把妳們脖子捏斷的那種。妳們是得罪什麼人了吧？請武侯過來未必有用，只怕還會適得其反。」

采藍立時嚇哭了，「五娘，怎麼辦啊？一定是蕭家幹的！」

杜清檀嚴肅地打量面前的男人，雖然穿著粗布衣裳破靴子，然而膚白貌美，眼眸深邃，睫毛捲長，身形勻稱健美，氣質儀態俱佳，手上也沒什麼繭子，顯然不是貧苦出身。

這樣的人總不會平白無故守在這裡管閒事，雖不知對方的目的是什麼，但此刻光憑她和采藍是沒辦法處理好這件事的，不如找個幫手。

「這位俠士。」杜清檀掂量著開了口，「您見義勇為給我們傳信，真是幫了我們的大忙。能不能請您好人做到底，再幫我們把孩子救出來？」

「見義勇為，好人做到底？」年輕男人一笑，很是文雅地道：「妳看錯了，我不是什麼俠士，也不是好人。我之所以留在這裡，是因為沒錢吃飯，所以想弄點錢住店。」

杜清檀一時不知道該怎麼接話，「所以？」

「所以小娘子若要請我幫忙，得給錢。」

男人頗有耐心，畢竟杜清檀這副氣喘吁吁，蹙眉撫胸的嬌弱模樣實在讓人心軟，彷彿是一顆晶瑩剔透的露珠，隨時會被陽光曬化了似的。

「再給你五十文。」杜清檀記得家裡似乎還有點錢，只是不多。

「五十文!?」男人喊出聲來，因為太過震驚，瞳孔縮了又放。

「我暫時只有這麼多，可以打欠條，您要多少？」杜清檀有些抱歉，說到底是打打殺殺的買賣，五十文確實太少了，萬一受傷什麼的，還不夠醫藥費。

「欠條？」男人盯著她看了片刻，勾起嘴角笑了起來，頗不像個正經人，「小娘子覺得我值多少錢呢？」

采藍警惕地把杜清檀護在身後，這人看起來太不正經了，就像是想要利用美貌勾引自家五娘似的。

看他那五官似是有胡人血統，這種樣貌最勾人了，自家五娘日常不怎麼出門，對男人沒啥見識，很可能會被蒙蔽。

然而杜清檀並不能體會采藍的苦心，反而嫌她擋了視線，「閃邊，別擋著。」

采藍很鬱悶地往旁一站，看杜清檀和男人討價還價。

「一千文，不能再多了。」

「兩千文，不能再少了。」

「一千五百文，我家太窮了，不然也不會穿舊衣，打補丁。」杜清檀拉起采藍的裙腳，給他看上面的補丁賣慘，「我們平時只能勉強吃飽，生病了都看不起大夫吃不起藥，不然我也不會這麼虛弱。」

男人皺著眉頭嘆了口氣，「行吧，確實挺可憐的。」

杜清檀猛點頭，以為對方已經同意了她給的價，不想男人跟著就道：「一千八百文，再講價就算了。」

采藍很不高興，覺得一個大男人鑽到錢眼裡去，和女人這麼斤斤計較的，簡直不像話。

杜清檀倒是沒啥想法，「前頭鋪子裡尋了筆墨給您寫欠條？敢問尊姓大名？」

「獨孤不求。」男人邁開長腿朝著鋪子走去，脊背挺得直直的，然而每走一步，破了的靴子總會發出一聲「啪嘰」的怪響。

見主人走了，老禿驢也不吃草了，慢悠悠地跟上去，一瘸一瘸的，走不得幾步，幾根毛隨著風飄落下來，身上又禿了一塊。

反正就很落魄的樣子。

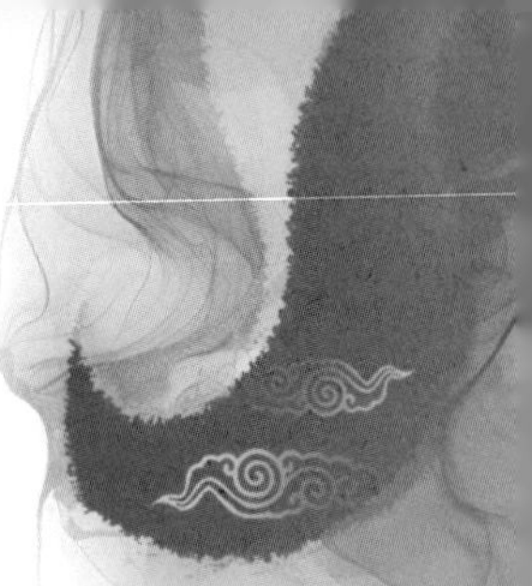

第二章　窮與弱不是理由

「死要錢會不會是洛陽獨孤氏啊？」采藍和杜清檀咬耳朵，八卦獨孤不求的出身來歷，「獨孤家祖上是胡人來著，我看很像！」

洛陽獨孤氏也是百年門閥，族中尚武，出了不少名將。前朝時還出過好幾位皇后，到了本朝，家主曾被封為郡王，族中子弟又尚公主，是有名的貴戚。只是近年來也和杜家一樣，沒啥出色的人才，沒落了。

杜清檀聽采藍這麼一分析，也覺得像，她便很直白地問了，「獨孤公子，您家是洛陽獨孤氏嗎？」

獨孤不求正在吹乾欠條上的墨跡，聞言懶洋洋地瞥了她一眼，「是啊，妳找獨孤家有事？」

這話挺不客氣的，包著火氣。

杜清檀猜想他或許是和族裡有怨，被趕出來什麼的，不然不會混得這麼慘，好脾氣地笑笑，「這不是互通家門嗎？我們是京兆杜氏旁支。」

獨孤不求沒什麼反應，將欠條往懷裡一塞，大步流星往前走，整個人都透著不高興。

杜清檀跟著小跑了一段路，累得肺都要炸了，就連頭上的帷帽都像是負擔，索性扯掉帷帽，揪著采藍的胳膊喘個不停。

采藍便道：「獨孤公子，還請您慢些，我家五娘身子虛弱跟不上。」

獨孤不求不耐煩地回頭看杜清檀一眼，「嘖」了一聲，拉過老禿驢，「坐上去！」

杜清檀看看那頭可憐的老禿驢，很不忍心，「還是算了，就幾步路工夫，很快就到了。」

獨孤不求抬眼看看天色，「很快就要敲暮鼓了。」

長安城規矩多，晨鐘起，暮鼓歇，暮鼓響完，坊門關閉，各人歇市歸家，是不許在外頭逗留閒逛的，否則犯了夜禁，被打死也有可能。

被嫌棄了，弱者是沒有人權的，杜清檀默默地在采藍的幫助下上了驢背，跟在獨孤不求身後。

獨孤不求埋著頭走了一會兒，心情似有好轉，「等會兒妳的婢子去敲門，妳跟著上前問清楚他們的目的，反正各種找事就對了。我在一旁看著，瞅住機會先去救人。這老驢我留在門外，完事妳就騎著牠回去。」

這和杜清檀的想法差不多，只不知道這人的本領如何，拎刀的樣子倒像是很在行。

於是她很委婉地道：「對方人多勢眾，公子千萬要小心些，咱們是取巧，不是拼命。」

當然了，若是獨孤不求不行，她也還有預備方案。

獨孤不求瞥她一眼，輕哼道：「該小心的人是妳，風都能吹倒，也不知道多吃些飯。」

說起這個，杜清檀也很惆悵啊，幽幽地道：「這不是吃多吃少的問題，命運如斯，能奈其何！」

這真的是個命理問題，沒有辦法的那種。

獨孤不求又瞥了她一眼，突然勾著唇角笑了起來。

采藍不爽，「你幹嘛總是看我家五娘？你笑什麼？」

獨孤不求笑得更燦爛了，「人生來不就是給別人看的嗎？妳家五娘又不是醜八怪怕人看，我看看怎麼了？我天生愛笑關妳何事？」

采藍完全不能回嘴，氣得噘起厚厚的嘴唇，恨恨地瞪過去。

獨孤不求並不理她，看著前方說道：「那人就是領頭的。」

一個粗壯的灰衣漢子從馬上下來，陰沉著臉敲響了門。

裡頭有人大聲問道：「誰啊？」

灰衣漢子不耐煩地道：「我，屠二。」

門應聲而開，一個塌鼻子男人探出頭來四處張望，「找著人了嗎？」

屠二不高興地道：「杜家沒人在，不知死哪裡去了？」

卻聽塌鼻子男人喊了一聲，「那不是嗎？」

屠二回過頭來，正好和杜清檀等人碰了個面對面。

雙方一時都有些措手不及和呆住，就那麼傻傻地看著對方不說話，場面頗為詭異。

杜清檀先回過神來便要下驢，奈何采藍手忙腳亂扶不穩，險些把她摔個大馬趴。

還是獨孤不求實在看不下去，伸手搭了一把。

「我家團團和老僕是被你們綁了？」

杜清檀話音未落，便被一陣冷風吹得忍不住咳了起來。

雪白的臉上浮起幾縷病態的紅暈，如同一朵在風雨中搖擺的玉白染紅的芍藥花，柔弱嬌妍得讓人忍不住心疼。

屠二眼裡淫光大盛，叉著腰帶，頂著肥肚走過來，色咪咪地盯著她，「是杜家的五娘吧？妳那堂弟盜竊我家的寶貝，按律該送官處置，妳說要怎麼辦吧？」

杜清檀好不容易停止咳嗽，細聲細氣地道：「孩子還小，不懂事，裡頭怕是有誤會，不如把他帶出來，我們當面問問？」

她想得很美，進了人家屋子就好比入了牢籠，給人甕中捉鱉，把人帶出來就好了，要跑要逃都能方便許多。

然而人家卻也不是傻子，屠二笑道：「那孩子精得跟猴兒似的，萬一帶出來跑了怎麼辦？還是妳們進來談吧！」

說話間，又淫邪地往杜清檀臉上身上看了一遍。

采藍氣到不行，衝到前面護住杜清檀大聲道：「你們這些壞人，誰曉得是不是要把我們哄進去做什麼壞事？」

「壞事？我們能對妳們做什麼壞事呢？快說說！」

屠二激動的使勁拍著大腿和同伴笑個不停，就想佔點言語上的便宜。

畢竟出身這麼好，又長得這麼美，還可以任由他們調戲的小娘子可不多。

采藍彪悍地破口大罵，「豬狗不如的腌臢東西，你們長腦袋只是為了讓自己看起來高點嗎？你們就像一堆狗屎，又臭又爛，令人作嘔。你們連最基本的人性都沒有，別再出來丟人現眼了！」

杜清檀目瞪口呆，她從來不知道罵人竟然可以有這麼多花樣，更不知道采藍這麼個小姑娘居然可以罵人不重樣！

不過，要的就是這麼個效果。

於是她佯作氣憤地掏出手絹在眼角擦了擦，低著頭裝哭，用眼角去瞟獨孤不求，不是要聲東擊西去救人嗎？這不就是機會？

獨孤不求不知什麼時候已經不見了，而屠二等人則只顧著逗弄采藍，再意淫一下美人。

屠二盯著杜清檀看了片刻，突然將手捂住下體喊道：「啊，我要死了，要脹死了！」

「要死快死，牡丹花下死做鬼也風流！」

塌鼻子男人哈哈大笑起來，嘴裡不乾不淨說個不停。

「畜牲！」采藍氣得哭了起來，要撲上去打人。

雞蛋碰石頭，可以看得到的慘敗結果，完全沒必要嘗試。

杜清檀冷靜地拉住采藍，面無表情地道：「說人話，否則我不管了！」

屠二壓根兒不信，「令弟已滿七歲，按著唐律，犯了事就該受罰了。你們這種人家最在乎的就是名聲了吧？若是落下個盜竊之名，這輩子就毀了。」

「是啊，但又關我什麼事呢？畢竟只是堂弟，又不是親生的胞弟。」杜清檀半垂著眼睫，語氣冰冷，「何況你們這樣，就是想要逼死我。即便是親生的胞弟，比起自己的生死榮辱算什麼，是吧？」

屠二看著她的樣子，竟然有些信了，沉吟片刻，換了正色，「明人不說暗話，令弟落到我們手裡，盜竊罪名是板上釘釘的事！兩條路，要麼送官毀掉他，要麼妳們把他贖回去！」

杜清檀不動聲色地引著他說話，「說是盜竊，誰看見了？人證物證可有？」

屠二大剌剌地道：「人贓俱獲，當然是有的。」

杜清檀又劇烈地咳嗽起來，好半晌才止住了，虛弱地道：「我不信，欲加之罪，何患無辭，你們自己算不得人證！」

屠二那個同夥大聲嚷道：「怎麼算不得？賊跑到妳家偷東西，妳親自拿住還不算？」

所以沒有外人看見，那麼只要把團團帶出這個地兒，就算死無對證。

杜清檀心裡有了數，「倘若是贖，你們想要什麼？」

「爽快地把婚書送來，要做得好看，懂吧？」

杜清檀搖頭，不懂，什麼叫「做得好看」？

屠二把裴氏的意思表達給她聽，「妳家找個理由，比如說命不好，自慚形穢，不想拖累人，所以要主動退婚。不能悄無聲息地送上門來，得找兩個有頭有臉的證人，證人是誰，得問過我們家才行。再當著大家的面表示是妳家對不起我們家，備了禮恭恭敬敬地來，省得日後有閒話說。」

「我呸！好大的臉！」采藍暴跳如雷，「休想！做夢！」

杜清檀眼角瞟到獨孤不求抱著團團站在不遠處朝她比了個手勢，便知已經得手，當即翻臉，「對，做夢！」

屠二嘿嘿冷笑，「既然不從，就等著打官司吧！別怪我沒警告妳，官司不好打，沒了男丁，你們這一門孤兒寡婦只剩死路一條！」

杜清檀卻已經抓著采藍往回走了。

「不對！」屠二恍然想起，急匆匆跑進門去看，但見地上丟著幾截斷了的繩子，杜家那一老一小早就不見蹤影。

「快抓住她，不許叫她跑了！」

屠二狂吼著追出去，叫同夥趕緊去攔杜清檀。

「五娘快跑！」采藍嚇得腿都軟了，仍是迎上去擋住塌鼻男。

杜清檀站在原地不動，這具小破身板，跑是跑不掉的，不如做點什麼。

「留下吧！」屠二轉撲了過來，獰笑著伸手去抓她的胳膊，嘴裡不乾不淨地道：「放心，我一定好好地疼妳！」

實在不行，毀掉這小娘皮的貞潔也是一樣的。

杜清檀眼裡閃過一道冷光，微俯上身，左腳前移，重心壓前，力從地起，轉動身體傳動全身之力，左拳閃電般揮出，惡狠狠擊打在屠二的腮幫子上。

側臉是人體最脆弱的地方，屠二油膩的肥頭晃了兩晃，整個人沉重地仰面摔倒下去。

杜清檀再接再厲，抬起腳對準屠二的下體狠狠踩去，再卯足了勁兒來回碾了好幾下。

讓你侮辱我！

讓你欺負團團！

讓你綁打老于頭！

讓你得意！

讓你不做人！

在場所有人都驚呆了。

杜清檀辦完事，嫌棄地揉著發疼的手，回過頭就對上了一雙亮得不正常的眼睛。

獨孤不求的破靴子牢牢地踩在塌鼻男臉上，左手拎著橫刀，右手抱著團團，紅豔豔的嘴唇張成「O」型，眼珠子都快要掉出來了。

「我們趕緊走吧！」杜清檀被他看得有些發忧，下意識地往後退一步，隨即便輕蹙了眉頭，掩著唇劇烈地咳嗽起來。

「五娘！」采藍趕緊跑過去幫她拍背順氣。

團團也從獨孤不求懷裡溜下來，跑過去拉著她的裙襬絮絮地說個不停，「姐姐別擔心，我沒事，我也不怕，我可勇敢了！」

獨孤不求默立一旁，看看眼角帶淚，嬌弱得立刻就會被風吹倒的杜清檀，再看看天空，覺得自己剛才也許、大概、可能是看花了眼，同時下體還有些涼颼颼的。

咚～咚～咚～沉重的暮鼓響了起來，催促眾人快快歸家。

老于頭利索地把那頭老禿驢牽過來，「五娘快騎上，咱們趕緊歸家！」

團團也道：「是呀，快些騎上！」

都沒人問獨孤不求願不願意借的。

獨孤不求很不高興，「你們家的人可真不把自己當外人啊！」

采藍理所當然地道：「我們付過錢了，是您自己說過完事就讓五娘騎著老驢走的！」

獨孤不求氣笑了，「你們付過錢了？在哪裡？白紙一張嗎？敢情我拿命來幫了你們，還得倒貼一頭驢？」

杜清檀不耐煩地道：「不是沒地方住嗎？跟我們走就是了，到家給您拿錢！」

「不成，你們這是在合夥騙我做白工！打完架救完人，還得護送你們回家，沒這個道理的，我要加錢！」

「獨孤公子，您好歹也是出身高門，讀過聖賢書的，怎麼盡鑽錢眼裡頭去了？都說了，我們家很窮！況且都叫您俠士了，您就不能講講俠義？」

采藍用完就扔，把窮且小氣的嘴臉擺得淋漓盡致。

「不能！妳窮就有理了？人活著就得吃飯，我要吃飯！」

獨孤不求乜斜著杜清檀，「杜五娘，做人不能這樣的，山不轉路轉，說不定哪天妳又求著我了，是吧？」

「加！加！加！」杜清檀很爽快，反正都是打欠條，怕什麼。

獨孤不求高興起來，湊過去小聲道：「噯，妳剛才那個是什麼拳法啊？」

杜清檀立刻警覺起來，瞅著獨孤不求不說話。

之前沒注意，這會兒她才發現這人的臉不是一般的好看。

他似乎也知道自己長得好看，所以這會兒湊過來和她說話的樣子就帶了些孔雀開屏、使美男計的意思在裡頭。

不是個正經人！杜清檀給獨孤不求下了定義後，睜著一雙無辜的眼睛裝糊塗，「什麼拳法？我不知道啊！」

獨孤不求收了笑容，目不轉睛盯著她看了半晌，突地道：「下來，還我的驢！」

「哎哎哎，怎麼了，您不要錢啦？」采藍立刻來幫忙，「獨孤公子別小氣嘛！大家都這麼熟了，何必在意這些細節？」

杜清檀瞅瞅身後，見蕭家的人沒追上來，覺得應該沒啥事了，便慢吞吞地下了驢，準備與獨孤不求就此別過。

不想人還沒站穩，突然間天旋地轉，眼前一黑，軟倒下去。

「杜五娘！」獨孤不求眼睜睜看著杜清檀突然之間暈倒過去，先想到是這人會不會訛他？於是往後一跳，離得遠遠的，再把手高高舉起，「我沒碰她，是她自己暈倒的！」

「大驚小怪什麼，沒人怪您！」采藍眼疾手快把人扶住，皺起眉頭，「這暈得太不是時候了。」

「我趕緊去瞅瞅還能不能雇到車，這鼓一陣急似一陣，不快些怕是趕不回去。」老于頭雖然很著急，也還算鎮定。

團團則是湊過來，熟稔地摸摸杜清檀的鼻息，再用自己的額頭去觸她的額頭試溫度。

「她經常暈啊？」獨孤不求看這架勢，就知道杜清檀應該經常暈倒，看這一家人都輕車熟路了。

「從前經常，不過兩個月前病重痊癒後還是第一次。」

采藍努力讓杜清檀躺平，試圖找個什麼東西替她擋一擋臉，不讓路人看了去。

「姐姐上次重病，險些沒了，我們全家眼睛都哭腫了。」

獨孤不求很難想像，這麼孱弱的人，為何能夠一拳砸暈一個大男人，於是忍不住仔細打量杜清檀。

不想被他看出了問題，「她的情況很不好，得趕緊看大夫，否則只怕會出人命。」

杜清檀氣息微弱，面如金紙，全身發涼冒冷汗，彷彿隨時可能離世一般。

采藍嚇得眼淚直掉，顫抖著嘴唇吩咐團團，「在我袖中把錢袋子拿出來，數數還有多少錢。」

團團果然摸出一個舊得發白的錢袋子，用胖胖的小手一枚一枚地數。

「一、二、三……才二十文，上次去請大夫，光是診金就花了兩百文！」說完又急著去翻自己的書包，找出十文錢。

這還是楊氏給他應急用的。

「怎麼辦？」團團一癟嘴，兩大顆眼淚滾落下來，「哇」的哭了，「姐姐要死了！」

「雇不著車，背回去吧！」老于頭急急忙忙趕回來，看到杜清檀的模樣也嚇著了，「不行，得先送醫！采藍，妳騎到驢上，把五娘扶在懷中，我牽著驢走！」

還是沒人問獨孤不求的意見，他瞅著團團手裡那個錢袋子，兩道濃眉皺得緊緊的，接著手被一隻軟乎乎的小手拉住。

「大哥哥，恩人，借您的驢救救我姐，我會報恩的，求您了！」

玉雪可愛的小孩仰著頭，黑幽幽的眼睛噙滿淚水，小嘴癟著，非常可憐。

這孩子之前被屠二抓住都沒哭，這會兒卻是哭得厲害。

「怎麼救啊？我也沒錢，我一天沒吃飯了！牙尖嘴利的小婢女，把人放在那裡別動，這樣瞎折騰，說不定還沒見著大夫就被搞死了！」

「那怎麼辦啊？」采藍哭得鼻涕都流出來了，「不知道這坊裡哪兒有大夫，我去請。」

杜家不住宣陽坊，對這一片不熟，匆忙間也找不到人詢問。

關鍵是沒錢就沒底氣，還到了暮鼓時分，真是屋漏更遭連夜雨，船遲又遇打頭風。

「隔壁平康坊倒是有個名醫姓金，醫術很不錯，只是他自來貪財冷血，必須先交錢再看病，至少五百錢起，且此時若是出診就回不去了，只能往這住店。」

看病、住店、吃飯，花費怕是要上千。

以他們這全身上下湊不齊五十文的窮酸樣，怕是醫館的門都進不去。

團團嚎啕大哭，采藍咬著牙去拖杜清檀，「把人送到醫館門口去試試，總比等死好。」

確實，就這麼死掉太可惜了，獨孤不求低頭看向懷裡陪了他很多年的橫刀。

「放下她！」他用不容置疑的口吻道：「我去請醫，前頭有個王家邸店，你們去找他家借個門板把她抬過去。」

「您也沒錢啊，婢子和您一起去，婢子哭著跪著也要把人求來。」

采藍看看他那露了腳趾的破靴子，很是懷疑他能不能辦成這件事？

獨孤不求舉起刀，「我這把祖傳橫刀是上好的鑌鐵刀，少說也要值三千文錢，賣了就能有錢。」

「啊？這……」采藍大吃一驚，祖傳寶物！

這，這人情欠大了！初次見面就能做到這個地步，這是真俠義！

她立時肅然起敬，非常羞愧自己之前罵人家死要錢，還悄悄剋扣工錢。

「小郎，快給獨孤俠士磕頭謝恩。」采藍把團團拉過來致謝，她一個小婢女分量不夠的。

獨孤不求卻已健步如飛地走了，夕陽餘暉下影子長長，分外高大。

「好人啊……」老于頭揉揉發紅的眼睛，問采藍要了那三十文錢，忙著去王家邸店尋人幫忙。

然而誰也不想招惹這種麻煩，萬一死在店裡怎麼辦？多晦氣啊！

老于頭好說歹說才借到門板，求了一個夥計過來幫忙把人抬過去，卻也不能進去，只能在牆根房檐下擋一擋風。

鼓聲一陣急似一陣，眼瞅著坊門就要關閉，杜清檀的氣息也越來越弱，杜家人淚流滿面，已是做好最壞的打算。

突然，獨孤不求的聲音天籟一般響起，「病人就是她。」

金大夫的醫術確實很不錯，幾針扎下，杜清檀就幽幽醒了過來。

只是人還虛弱，說不了話，更是動彈不了。

「行了，慢慢將養著吧，以後再不可如此操勞。」

金大夫收了針，又開了方子，倨傲地示意獨孤不求安排他吃住。

「您這邊請。」獨孤不求笑咪咪的，先找店家安排所有人的食宿，再拿了方子去抓藥，利索又熟練，仿若老江湖。

等到藥餵進杜清檀嘴裡，天已經黑透了。

喝完藥，再進了小半碗白米粥，杜清檀才算有了點精神，輕輕撫摸著團團圓嘟嘟的胖臉，擠出一絲虛弱的笑。

「姐姐沒事了，別怕。」團團乖巧地依偎在她身邊，開始想家想娘親，「我們沒回家，阿娘肯定急壞了。」

「小郎莫急，大娘子有事去杜陵了，說過今晚不回家的。」采藍端來熱水給杜清檀擦洗，免不了把前因後果說給她聽，「賣了祖傳的橫刀給您救命，從此之後，獨孤公子就是咱們家的救命恩人了！」

杜清檀當然是感激的，不是每個初次見面的人，都能賣掉祖傳之物救陌生人的命。

獨孤不求確確實實是她的救命恩人，當得起最高禮遇和報答。

但是一個迫在眉睫的問題橫在眼前，要還人情就得花錢，比如把人家的祖傳之物贖回來。

不過錢從哪兒來？杜清檀陷入沉思中。

「獨孤公子是真的窮，說是一天沒吃飯，我本來還不信呢，剛才真是大開眼界，嘖嘖，吃了一大盆湯餅，這麼大一盆呢！」采藍比劃出一個比她的腦袋還要大的盆，添油加醋，「婢子看著都飽了，但看他還沒吃夠，又問有沒有，讓再來兩個。」

湯餅、湯餅啊！杜清檀饞得嚥口水。

她很久沒吃麵食了，所以才不信采藍什麼「看著都吃飽了」之類的鬼話，分明是饞得要命，卻不好意思開口要吧？

「你們吃過了沒有？」

采藍臉一紅，下意識地摸摸肚子，「吃過了。」

「為了省錢，采藍和于伯都只叫了一碗小米粥配鹹菜。獨孤大哥哥給了我兩個胡餅，我吃了一個，另一個分給他們，他們不要，讓我留給阿娘和姐姐。」

采藍忙道：「最近天氣越來越熱，小米粥配鹹菜，清火嘛！」

杜清檀沒說話，只覺得不能再這樣下去了，必須振作精神設法活下去，不然都對不起這一家子老小。

尤其這具破身板，再不改變，會被人吃得骨頭渣子都不剩，還會連累全家。

而且打個人就能暈倒的慫樣，真是太丟人了！

「采藍，妳家五娘好些了嗎？」

門外傳來獨孤不求的聲音，采藍忙去開門，立在門前擋住路，恭敬行禮，「有勞公子掛懷，我家五娘好多了，剛吃了半碗粥，有精神說話了。只是她臥床不起，不便待客，請您多多包涵。」

就算門庭沒落，該守的禮還是要守的，一位淑女披頭散髮躺床上見外男，像什麼樣。

獨孤不求也沒有要進去的意思，「好轉就行，明早再讓金大夫給她行一次針，叫團團過來與我休息去了。」

為了省錢，除了金大夫的房間外，他只開了兩間房，一間住男人，一間住女人。

「大恩不言謝，有勞獨孤公子了。」

杜清檀十分感激，但也沒說什麼不切實際的「再開一間房」之類的傻話，省錢要緊，反正都欠下人情債了，不差多這一點。

獨孤不求半開玩笑半認真地道：「不用謝，到時候如數奉還就成了，畢竟我也只是個窮人。」

說到還債這個問題，杜清檀很認真，「放心吧，一定會還的。」

「不要借條。」獨孤不求輕搖手指，「還有之前詢問消息的工錢尚且缺我十文，你們不是沒有，而是私藏了。有一說一，這不合規矩。」

屋裡一陣沉寂，是尷尬的。

杜清檀不清楚事由，便看向采藍。

采藍羞愧難當，低頭絞著衣角不敢看人。

團團眨巴著烏溜溜的大眼睛看看這個，又看看那個，突地跳起來，叫道：「睡覺咯，睡覺咯，我最喜歡獨孤大哥哥了！」

硬生生把獨孤不求拉走了。

「幸好小郎機靈，不然太尷尬了！」采藍長出一口氣，「獨孤公子真是的，做了那麼多好事，非要說得這麼難聽。」

杜清檀聽完經過，緩緩道：「他不過實話實說罷了，都怪我沒本事，還要讓妳操心生計。」

「五娘！」采藍忍不住濕了眼眶。

她是真怕杜清檀怪她小家子氣，但是這麼一大家子要吃飯，能省一文是一文，不然誰不想大方闊氣？

「哭什麼？我會有辦法的。」杜清檀很堅定。

無論如何，這人情必須還，不能把人家的俠義當作理所當然。

窮和弱都不是理由。

采藍並不認為杜清檀真有辦法，只不想再惹她操心，便哄道：「睡吧，養好身體才是根本。」

次日一大早，二人就被門外的吵架聲鬧醒了。

采藍累了一天一夜，肚子還餓著，自是火冒三丈，氣勢洶洶跳起來，「待我去瞅瞅是什麼不懂規矩的傢伙擾人清夢！」

「別惹事……」杜清檀話沒說完，小丫頭已經躥出門去了，她只好嘆口氣，繼續閉著眼睛養神。

卻不想只一會兒工夫，采藍又風風火火地跑回來，喜孜孜地道：「那金大夫真不是個東西，大清早起來要這要那，吃飽喝足就想甩著手走了。獨孤公子死活不放，說是必須再給您治療一次才行，這是昨晚說好的。花用了咱們那麼多錢，必須掙回本才行，不然放走了人，再去請還得再花錢。」

「幹得好！」杜清檀激動地配合采藍收拾，合理省錢薅羊毛，傻子才拒絕呢！

第三章 僅剩一路可走了

沒多會兒，金大夫和獨孤不求來了。

長得尖嘴猴腮，留著老鼠鬚的大夫陰沉著臉，行動帶氣，讓杜清檀很是擔心他會藉機用針扎死她。

「五娘若是哪裡不舒服了，只管立刻說出來，好讓金大夫改正，千萬不能事後往外嚷嚷說人家治不好病。畢竟是名醫，當不得半點名聲損失。對吧，金大夫？」

獨孤不求環抱雙臂，斜倚在牆上，笑得意味深長。

金大夫苦大仇深地板著臉不吭聲，下針倒是極穩。

半個時辰後拔了針，杜清檀當真覺得輕鬆多了，少不得要謝大夫。

金大夫惡狠狠地道：「別！我當不得您這謝，這一天一夜，就得一千文錢，吃大虧了！以後別再來尋我，多少錢我也不會來的！」

獨孤不求笑咪咪地拍了拍他的肩，「別瞎說，醫者仁心，您怎能詛咒自己的病人不痊癒呢？莫非其實您醫術很不好？都是騙人的？」

「你才騙人呢！我什麼時候詛咒她了？」金大夫氣得鼠鬚顫啊顫，一甩袖子往外走，「不可理喻！」

「您慢走！若是她不好，那就是您醫壞的，我一定再來找您！」

金大夫硬生生將踏出門的腳收回來，板著臉道：「我突然想起來，方子還需再添兩味藥。」

這世上一樣米能養百樣人，有人懸壺濟世，只想行善積德，解救天下蒼生。還有人如同金大夫這樣的，有一手好醫術，卻沒有一副好心腸，只將其當作斂財的手段。

給病人開方子時故意少一兩味藥材，死不了人，就是病程延長，好哄著病人多從他那裡買藥，多請他治病，多收錢財。

又或是病人得罪了他，便故意少開藥材，小病拖久，久成大病，以便報復人。

很顯然，金大夫非常符合後面兩條，而獨孤不求又很懂得他這種人的壞心腸。

壞的怕橫的，誰豁得出去誰就是老大。

杜清檀看得清楚明白，少不得對獨孤不求更加高看一眼。

真是個幹實事、懂人情的，這樣的年輕人現在不多了，真的。

「妳看我幹嘛？」獨孤不求看完方子，從濃密捲翹的睫毛下方斜瞅著杜清檀，俏皮地眨眨眼，「再怎麼看，錢也是要還的。」

他這模樣真是又壞又好看，采藍只看一眼就忍不住紅了臉，不敢再看。

杜清檀卻是毫無感覺，「一定會還的，我是在想，您也懂得醫理？」

她這般大方自然，獨孤不求反而覺得無趣，「閒時無聊，讀過幾本醫書，妳也懂？」

「略懂。」杜清檀伸手要方子。

獨孤不求也沒覺得她懂這些稀奇，果真遞過去，「隔壁街上有家藥鋪不錯，價低齊全，可以在那多抓幾服藥回去。」

杜清檀收了方子，試探道：「您對長安城很熟悉，我記得您是洛陽人。」

「兩都不分家嘛。」獨孤不求摸摸團團的頭，「我們吃油乎乎、香噴噴的胡餅去，饞死某些人。」

團團很不好意思地搖頭，「我不餓，大哥哥自己吃吧！」

「嘖，小人精！」獨孤不求沒強求，逕自走了。

杜家所有人都沒捨得在邸店吃東西，一小碗清粥就要幾文錢，夠買好些糧食了。

采藍給杜清檀雇了輛驢車，獨孤不求騎著老禿驢跟在後頭，「我去認認你們家的門，我可是債主呢！」

團團靠過去抱著他的腿蹭啊蹭，「大哥哥真好，特意護送我們回家，還怕我們不好意思。」

「我才不是那種人呢！」獨孤不求嗤之以鼻，用露出腳趾頭的破靴子輕踢團團，「傻小子，才誇你精，就傻上了。」

團團也不在意，仰著小臉笑，「我才不傻，若非我特意把書包扔在街上，家裡都找不著我！」

「是是是，你聰明！」獨孤不求長臂一伸，把團團撈上驢背，摟著他慢吞吞往前走。

一行人回到永寧坊，家裡已經鬧翻了天，楊氏正求了左鄰右舍幫忙去尋人。

她一大早從杜陵趕回來，家裡大門緊鎖，灶臺上放著冷了的飯菜，床鋪也是涼的。一問鄰居，聽說昨天出去就沒回來過，真是嚇得魂飛魄散，只當已是遭了蕭家的毒手。

乍然見著幾人，立時眼淚狂飆，生氣地舉起手想揍杜清檀，最終不忍心，巴掌就落到了團團背上。

「叫你不聽話到處亂跑！咦……你為何沒上學？」楊氏本是打雞罵狗，罵到這裡突然想起來這件事，就更生氣了。

團團立時撲到她懷裡大哭起來，「阿娘，我險些見不著您啦！」

楊氏傻了眼，忙著蹲下去扒拉著孩子的衣裳上上下下地檢查，「怎麼啦？」

杜清檀見鄰里都在圍觀，還有人盯著獨孤不求看個不停，便低咳一聲，「進去說吧！」

楊氏謝過鄰里，領著眾人回了家，關緊院門才問，「怎麼回事？」

杜清檀講完經過，介紹獨孤不求，「獨孤公子是我們的救命恩人。」

「這殺千刀的下作蕭家，不會有好下場的！」楊氏心有餘悸，拍著胸口定定神，非常鄭重地給獨孤不求行禮，「多謝恩人援手，以後但凡有用得著我們的地方只管開口，絕不推脫。」

獨孤不求認真還禮，「夫人客氣，在下收了錢的。」

這般樣貌品行倒是般配，家世也很相當……楊氏笑咪咪地打量著獨孤不求，不在意地道：「幾十文錢算得什麼？我家孩子的平安遠不止這點錢。」

「您說得很對，遠不止幾十文，一共是一千八百五十文錢，在下已收到四十文，借條上有一千八百文，尚有十文沒寫在上面。」

獨孤不求拿借條給楊氏看，「您是當家人，這借條您請過目。杜五娘之前說過家裡有錢，若是方便，可否先付給在下？」

「啊，這……」剛還在論人情，突然就討起了債來，轉折實在太快，楊氏有些懵。

把帳算得這麼清楚，彷彿是不想與杜家有過多牽扯。然而又把傳家寶拿出來救人，又是一路護送照顧的，到底想幹嘛？

杜清檀倒是明白，賣掉祖傳之物救人命，與討要應得的工錢是完全不同的兩件事。

她拉了楊氏到一旁，低聲商量，「咱們家還有多少錢？若有，不如先把他的工錢付了。他很缺錢，遇著我們之前，據說一天沒吃飯，不知是遇著了什麼事。」

楊氏這才注意到獨孤不求竟然穿了一身破衣爛衫，左腳拇指都露在靴子外面了。見她看去，那腳趾頭還不自在地動了動。

真是一文錢難倒英雄漢啊！

楊氏感嘆著，對獨孤不求多了幾分憐憫，但是她很不好意思地小聲道：「欠債還錢是天經地義的事，若有百倍千倍奉上也是應當的。」

獨孤不求油然生出不祥之感，若有的意思就是沒有？

楊氏羞紅了臉，「實不相瞞，家裡最近用度緊張，只剩不到三百文錢了。」

獨孤不求看著面前的一百文錢，久久不發一言。

楊氏嘴裡說著該給百倍千倍，卻只遞給他一百文錢。

說是得留下兩百文錢過活，其餘債務以後再補。

所以啊，女人的嘴，騙人的鬼。

楊氏頗為抱歉，「恩人，按理您無處可去，該留您住宿用飯，只是我們孤兒寡婦諸多不便，還請見諒。」

「不必，你們也不容易，什麼時候有就什麼時候還吧！」大抵是想開了，獨孤不求的態度特別溫文有禮，「告辭。」

老禿驢卻不肯走，只管使勁把頭伸過去偷吃杜家院子裡種的菜。

獨孤不求對牠沒半點客氣，抓著韁繩一用力，勒得牠眼珠子直翻白，只能屈服。

他越是走得乾脆俐落，楊氏越是內疚，不免追問，「公子打算住哪裡呢？我們一旦有了錢也好送過去。」

「我是男人，住不起店，荒廟、旮旯犄角都住得，過段日子我自會登門拜訪。」

獨孤不求特意強調「住不起店，荒廟、旮旯犄角都住得」，如願以償地在杜家人臉上看到內疚和羞愧後，昂首挺胸大步離去。

楊氏連連嘆氣，「怎麼會有這樣正直毫爽的人！若是蕭七郎有他一半體面會做人，也不至於如此啊！」

「蕭七郎長啥樣啊？」杜清檀對獨孤不求沒太多興趣，反而對那個還未露面的未婚夫有興趣，「大伯母見過嗎？」

「也就那樣，金玉其外，敗絮其中。」楊氏不想多談，「這錢不能拖太久，我找時間回娘家借些，先把一千七百文錢付掉。至於那把刀，只能再緩緩了。」

「又去借錢不太好吧？」杜清檀記得光是這兩個月，楊氏就跑了好幾趟娘家。

雖然每次都能拿些錢和糧食回來，始終是不太好的。畢竟嫁出去的女兒潑出去的水，即便父母兄長不說，只怕嫂子的臉色也不好看。

一千七百文錢不是小數目，能買一百一十斗米還有餘，足夠他們這一家吃上一年多。

且楊家寬裕不到哪裡去，攤上這樣的小姑，換作她也不樂意。

楊氏沒答她的話，只道：「妳趕緊去歇著，早些痊癒就是幫我大忙了。」

杜清檀便問杜陵之行結果如何。

楊氏的神色不好看起來，「沒見著人，還得再走一趟。」

她這次杜陵之行很不順利，說是族長外出訪友了，她一直等到天黑也沒見著人回來。

她不得不厚著臉皮在一個宗親家裡借住了一宿，一大早又去問，還是沒見著，白白送了一回禮。

果然和之前猜測的一樣，族裡靠不住。

杜清檀心裡有了數，提醒道：「伯母記得去宣陽坊十二叔公家裡說說這件事，一則有個提防，省得蕭家亂說亂做。二則昨日我們兩次尋人，今日弟弟又沒去上學，怕叔公他們擔憂。」

「知道了，我這就去，妳去歇著吧！」楊氏長嘆口氣，出門前往宣陽坊了。

宣陽坊杜十二叔公在工部就任從六品虞部員外郎，為人雖然膽小怕事，對族人卻很親善大方，家中女眷也極好。

十二叔婆聽說前因後果，氣得捶桌子罵道：「好個蕭氏，名聲臉面都不要了！何不報官？」

楊氏為難地道：「到底也沒抓著惡奴，無憑無據，我們孤兒寡婦的……」

十二叔婆就懂了，即便抓住那惡奴，對方咬死不認與裴氏有關，楊氏這邊也是無計可施，且孤兒寡婦勢弱，多一事不如少一事。

「雖是這個道理，卻也不能一味退讓，否則越發養大了惡人的膽子！這樣吧，過得兩日妳叔公休沐，我們一起去族裡說說這事。杜家的孩子不能白讓人欺負了去！」

十二叔婆又叫人取了兩包補藥，說是要給孩子們壓壓驚。

楊氏哪裡好意思要，能得他們幫忙去族裡說項已是感激不盡，千恩萬謝告辭離去，鬱悶的心情倒也消散了大半。

回到家中，于婆也抱了一堆針線活回來，「大娘子莫愁，老奴又去成衣鋪子裡多領了些活計，咱們幾個手上都有針線功夫，多辛苦些也能養得起五娘和小郎，再省一省，遲早能把獨孤公子的工錢存出來。」

何以解憂，唯有幹活。

楊氏接了布料飛針走線，采藍忙完家務也來跟著一起做，幾個女人都默不作聲地忙著，做得非常認真仔細。

沒多會兒，團團寫完功課，也來幫著燒起熨斗熨成品，小小孩童，動作熟稔又耐心。

老于頭瘸著腿進來趕他走，「小郎快去念書，早些讀出書來做了官，我們也好跟著享福啊！」

團團也不堅持，跑去拿起書來搖頭晃腦地大聲誦讀。

杜清檀本就睡得不踏實，聽到外頭的動靜就醒了。

裴氏惡毒狠戾，兩次出手皆未成功，絕不會善罷甘休，下一次動手只怕會更加縝密凶狠。

族裡瞧著是指望不上，還得另闢蹊徑。

也不知杜家除了宗親、姻親之外，是否還有指望得上的故舊朋友願意援手。

就算有人願意幫忙，走人情就避免不了花錢。

錢從哪裡來？這是個迫在眉睫的問題。

據她所知，除了做針線活補貼家用之外，杜家在族裡還有二十畝薄田，一年收些租子，族裡也會補貼孤兒寡婦一點錢糧。

這些收益對於普通人家來說，也能勉強過活了，但他家有病人，有讀書人，還有已經年邁的于伯于婆，那就遠遠不夠。

她想吃肉，想吃白米白麵，想過好日子，不想被人欺凌苟活，朝不保夕。

那就只剩下一條路可走。

杜清檀拿定主意，喊道：「大伯母！」

「怎麼了？」楊氏快步進來，先就探手去摸她的額頭，「哪裡不舒服？」

杜清檀抓住楊氏的手，神祕兮兮地道：「我剛夢見阿爹了，在夢裡我和他一起過了十多年，誰知醒來不過片刻。」

只要不是病情惡化就好，楊氏鬆口氣，「一夢千年就是這個道理了。」

杜清檀試探地道：「阿爹教我食醫之術了，他說以後都讓我按著他的法子將養身體，再靠這個謀生活，說是能讓咱們家脫困，我想試試。」

楊氏只當她是被逼得太急，故而異想天開，不由多有憐惜，「食醫之術，我倒也聽說過，不過平時並未見過真正的食醫，想來應該很難，並不是做個夢就能學到的。」

「倒也不難，久病成醫，我從前看過不少醫書，懂得醫理藥理，脈象也懂得些。」杜清檀試著說服楊氏，「不是開方子行針，就是對症做一些食療藥膳，調理養生，風險不大。」

所謂以食醫人，便是根據人體和季節差異，利用不同的食物特性和藥材搭配，煲湯、熬粥、做茶飲，以溫養調理五臟六腑，配合治療慢病、小病、未病，輔助病人加快痊癒恢復，幫助健康人養生保健。

久病體虛之人，最為需要此種調養。

畢竟是藥三分毒，長期大劑量高濃度喝藥，腸胃臟腑是受不了的。

譬如她現在這種廢物體質，光靠吃藥是不行的。

還得雙管齊下，利用食醫之法溫養身體，幫助痊癒。

藥食同源之說，便是如此。

「不行，光靠做了一個夢就能做食醫，太匪夷所思了！」楊氏斷然回絕，「師出無名，沒人信妳請妳。再則，哪有高門之女行醫的？妳將來還要不要嫁人了？」

提到嫁人，杜清檀索性閉嘴。

現在這種情況下，她壓根兒就沒想過要嫁人。

但楊氏肯定是不能接受的，所以直接幹就是了。

次日一早，楊氏起身就見杜清檀穿戴整齊地站在院子裡，少不得要問，「妳要做什麼？何不多睡會兒？」

杜清檀露齒一笑，「養生之道，法於陰陽，和於術數，起居有常。大伯母，以後我都跟你們一塊兒起居。」

一大早就掉書袋，是沒死心，還想搞那什麼食醫藥膳？

楊氏瞅她一眼，懶得多管，卻見杜清檀又迎著朝陽，屈膝下蹲，雙手曲張成爪，由小指起依次曲指握拳，上提，高與肩平，鬆拳上舉撐掌，又再曲指握拳變掌下按，呼吸吐納。

再之後，又如貓兒撲食，小鹿嬉戲，一招一式頗有章法。

楊氏好奇道：「妳幹什麼呢？」

「華佗傳下來的五禽戲，強健體魄。」杜清檀做得一絲不苟，額頭鼻尖沁出一層細汗，臉上倒是多了幾分血色。

「不錯，動動也好。」

「嗯，《黃帝內經》也說，飲食五味化成水穀精養臟腑，吃食才能養人呢！」杜清檀不放過任何機會。

楊氏沒理她，大步走了出去。

杜清檀也不氣餒，繼續完成五禽戲，喝水歇氣擦汗，收拾妥當，一頭鑽進書房。

這間書房是杜家最值錢的財產，幾大架子書依牆而立，收拾得整整齊齊，纖塵不染。

哪怕最困難時，楊氏也沒想過賣書換錢。

畢竟這些書籍全靠手抄，由幾輩人搜集而來，來之不易，是傳家寶，也是百年門閥、高門世家的身分標識，更是這個沒落家庭最後的體面和倔強。

原本還要更多，可惜在杜父出事後，藏書被惡奴盜賣了不少，這便是遺憾了。

杜清檀埋頭瘋狂找書，不一會兒就找到了目標——《黃帝內經》和本朝才出的專著《備急千金要方》、《英公本草》。

這三套書算是匯總了至今為止，最為齊全的醫理藥理和方子。

雖說也存在丟失不齊的情況，但已經夠她用了。

采藍進來道：「聽大娘子說，五娘想做大夫？」

杜清檀認真解釋，「不是尋常的大夫，是食醫，調理身體的那種。」

采藍只認得幾個字，懂得並不多，但對生活抱了最美好的期望。

「若是五娘做成了，會不會有很多人高價請您去看病呀？那我們豈不是要過好日子啦？」

杜清檀被她逗笑了，「放心吧，不會讓妳餓著的。」

采藍咧著厚厚的嘴唇甜蜜一笑，遞過一碗濃黑的藥，「來，五娘，吃藥！」

喝過藥，杜清檀拿出金大夫給她開的藥方，細細琢磨起來。

她現在的情況是身體損耗太大、體質虛弱、心悸不安、胸悶氣短，加上面色蒼白、形寒肢冷，正是心陽不振的表現。

理該溫補心陽，安神定悸。

像杜家這麼窮，也吃不起什麼貴的食材補品，那就來些簡單好弄的，譬如桂朮薏苡仁粥，再來點麻黃牛肉湯。

想到牛肉，杜清檀腦海中立時飄過一陣麻辣牛肉香鍋、滷牛肉的香味。

她忍不住嚥下口水，饞死她了！

「五娘在想什麼呢？」

杜清檀實話實說，「想吃牛肉。」

「您怎麼這樣膽大！」采藍嚇得瞪大眼睛，「想吃肉也就罷了，竟然還想吃牛肉，會坐牢的！」

「行了，忙妳的去吧！」杜清檀趕走采藍，從書架角落裡挑出一套叫《刑德》的兵書準備拿去換錢應急。

放著自家的金山銀山不用，非得低三下四問人借貸，還要認為這是所謂的體面和門楣，她是不懂，也不打算懂。

她只知道，活著最重要，活得像個人更重要。

天剛微亮，一輛牛車慢吞吞地駛入勝業坊，停在一戶人家後門前。

車上跳下一個塌鼻男人，黑著臉用力拍響後門，「開門，開門！」

一個婆子探出頭來，一眼瞧見塌鼻男人就道：「劉大！你們昨天夜裡怎麼沒回來？夫人問了好幾次了！」

劉大喪著臉罵道：「屠二快要死了，我忙著救他的命，怎麼回來？」

婆子嚇了一跳，「好端端的怎麼就快要死了？人呢？」

劉大一指牛車，「快來幾個人，幫我把他抬下來。」

婆子連忙攔住，「人都死了，你還抬進去？吃了掛落兒算你的還是我的？」

「還沒死。」劉大一把推開婆子，大步往裡走，須臾叫了幾個年輕力壯的男僕出來，用籐椅把半死不活的屠二抬了進去。

裴氏早起梳妝整齊，舒舒服服地靠在窗前飲茶，下首一排僕婦管事低頭稟報今日要辦的事。

貼身婢女在簾下探了個頭，「大娘子，劉大和屠二回來了。」

裴氏淡淡地道：「叫他們在廊下等著回話。」

對付杜家那種小螻蟻，不過輕而易舉罷了，已經做成的事，倒也不必著急。

就見婢女神色有異，聲音也有些變了，「出了點變故，他們急著要見您。」

裴氏皺起眉頭，「什麼變故？」

「請您來瞧，他們不便進屋子。」婢女打起簾子，垂著眼眸不敢多話。

裴氏的脾氣向來不好，稍有不高興的事便會拿人出氣。

今日出了這事，她必會大發雷霆，還是少說為妙。

裴氏瞪了婢女一眼，快步走出房門，往廊下看去，臉色瞬間就變了。

屠二癱在籐椅上，半邊臉又青又紫，腫得像豬頭，眼睛緊緊閉著，出氣多，進氣少，行將就木的樣子。

「這是怎麼回事!?」裴氏勃然大怒，「誰幹的？」

劉大趕緊跪下，抖抖索索地把事情經過說了一遍。

不想裴氏半天不發一言。

劉大害怕地抬頭往上瞟，只見裴氏冷冰冰、陰森森地瞪著他道：「編！你接著編！杜清檀那麼個短命的死樣子，動一下喘三氣，她能一拳把屠二打暈在地？還……」她說不出口，就用扇柄指著屠二的下體，嫌棄地道：「還做出這種有傷風雅的事？」

這種事情，稍許要臉面的男人都做不出來，何況是個大門不出，二門不邁的嬌氣病弱小娘子！

顯然是這兩個男僕背主，做了見不得人的事吃了大虧，卻又跑來哄騙她。

裴氏想到這裡，臉色越發難看，厲聲道：「來人啊，把這兩個混帳東西拖去柴房裡關起來，不許給他們飯吃！」

「冤枉啊！」劉大真是有苦說不出，只好使勁磕頭，聲嘶力竭地拼命解釋。

「大娘子容稟……」屠二睜開腫脹的眼睛，虛弱無力地道：「劉大看花了眼，不是杜五娘幹的，是她那個幫手幹的！」

他比劉大聰明許多，除非親眼所見，否則不會有人相信。

還不如全都推到那個小白臉身上，可信度還要高些。

如此，事情說通，夫人也願意花錢為他醫治。

也不知還能不能治好……想到這裡，屠二眼前一黑，又暈厥過去了。

他有個相好是裴氏身邊的婆子，少不得要為他說幾句好話。

裴氏略微消了氣，這才叫劉大重新把經過說了一遍。

劉大這回學乖了，自是把所有的鍋都丟給獨孤不求背，誇大其辭，「不知是從哪裡尋來的，手裡拿著刀，藝高膽大，下手極狠，還不乾不淨地罵咱們家呢！話說得可難聽了，小的都不敢說。」

裴氏冷笑咬牙，「倒是我小瞧了她家！」

原想著出其不意，打杜家一個措手不及，迅速把這事辦妥就行了。

卻沒想到杜家竟然能在匆忙之間，找到這麼厲害的幫手。

崔氏聞訊而來，湊在她耳邊輕聲道：「大嫂，看這事鬧得，杜家是不肯善罷甘休了。您瞧瞧，把屠二打成這樣，這是衝著您來的，把您的臉面扔在地上踩呢！她家不是指望著杜氏族裡嗎？還有那個楊氏，她娘家族裡也有幾個厲害的，楊相公就是她的遠房族叔。想要這事辦得妥當，還得雙管齊下，斷了她家所有的念想才行。否則鬧到後面，若是這些人聯起手來逼迫咱們低頭，那可真難看！就算您嚥得下這口氣，七郎臉上也難看。乾乾淨淨的小郎君，總不能為了這事抬不起頭來。」

一提到兒子，裴氏心中惡意更盛。

她從小長到現在，不說要風得風，要雨得雨，也是過得稱心如意，唯獨在這件最重要的事上不如意。

她千辛萬苦生養長大的兒子，品貌俱佳，前程遠大，卻要因為這麼個短命福薄的杜五娘耽誤前程大事……真是想起來就恨得牙癢癢！

她非得把杜家這不知好歹的一門賤人摁低頭，在她面前跪著苦苦求饒不可！

「不過遠房族叔罷了，哪裡能親到那份兒上？她家這一支成年男丁已經死絕，那個小野種指不定什麼時候就夭折了！我倒要看看，杜氏族裡究竟願意為了這門孤寡做到什麼地步？去把大管事叫來！」

不多時，大管事來了。

裴氏冷著臉道：「我不管你怎麼做，總之要把杜家給我摁到泥地裡去。她家不是有傲骨嗎？那就把她的傲骨打折了！沒錢花、沒人幫、沒活路，我看她怎麼傲！」

「是。」大管事應下，正要退出。

裴氏又道：「這件事情不許有半點傳到七郎耳中，他若問起，就只管說杜五娘因為久病不癒，不想耽擱他，所以主動退親。」

崔氏很是贊同，「大嫂考慮得周到，就讓七郎安安心心讀書好了。這種腌臢事，不配擾他。萬一將來有個什麼，也好把孩子擇出來。」

「什麼萬一？沒有萬一！」

她非得摁死杜清檀和楊氏不可！

第四章 以拳抵債如何？

因怕蕭家再次報復，楊氏叮囑全家非必要不出門，省得給蕭家可乘之機。

然而要討生活，就不能不出門。

隔天老于頭去給成衣鋪子交貨，半道上被人推倒在地，摔得頭破血流。

等到清醒過來，一家子熬更守夜做出來的貨品全丟了。

一問周圍的人，說是散落在地，被一群人上來哄搶走了。

報到武侯鋪也沒什麼用，畢竟搶東西的人太多，只說難尋，更沒證據是蕭家做的。

成衣鋪子丟了貨品，誤了工期，少不得索要賠償。

楊氏好說歹說，成衣鋪子才同意看在長期合作的份兒上，允許他家半個月以後賠償。

由此賴以為生的活計丟了不說，反而又多了兩千文錢的債務。

老于頭的傷還不能不管，相依為命的老僕，楊氏做不來一把香灰蓋上去，死活不管的狠心事，又將僅剩的錢拿去請醫買藥。

一番折騰下來，家中再無分文，楊氏又恨又憂，吃不下睡不好，長了嘴皰不說，頭髮還大把大把地掉。

杜清檀卻是反常的沉默，只將裁衣用的剪子反復磨了又磨。

此外就是睡覺、吃飯、五禽戲，偶爾和家裡人聊聊從前的人和事，儘量多方掌握情況，尋機自救。

因打聽到十二叔公今日休沐，楊氏便帶上團團，準備直接上門把人拉去杜陵。

「團團是杜家的男丁，我把他帶去讓族老們看看，或許能心軟。」楊氏交待杜清檀，「你們在家，定要關緊門戶，隨時提防，若有動靜就大聲叫喊，鄰里都是熱心的，不會不管。」

楊氏前腳出了門，杜清檀後腳吩咐采藍，「隨我出門。」

采藍一臉懵，「出什麼門？」

「抓藥。」杜清檀理所當然，換上一身更舊更短的衣裳，再戴上帷帽。

采藍震驚地道：「藥不是還沒吃完，咱們也沒錢啊！」

「跟著我走就是了。」杜清檀拎起一個小包袱，率先往外走。

「五娘要去哪裡？」老于頭掙扎著爬起來攔路。

短短兩天，他的精氣神全垮了，心裡充滿了自責，恨不得就此死掉才好。

「賣書換錢應急。」杜清檀很直接地亮出手裡的小包袱，「死物沒有人重要，所以都別勸我，除非你們想活活餓死。」

老于頭猶豫片刻，道：「老奴陪您一起去。」

「不用，你留在家裡好好養傷，我們家不能沒有你。」

唯一的成年男人，雖然身體有缺陷，卻是不可或缺的存在。

老于頭紅了眼眶，強撐著沒流淚。

杜清檀緩了神色，「于伯，這樣下去不是辦法，我要找個可靠的人盯著蕭家，你日常在外行走，可有合適的人推薦？」

老于頭想了想，「從前主君在世時，常會請一個叫朱大郎的幫忙跑腿做事。此人混跡市中，仗義疏財，很有些俠名。主君過世後，因著咱家孤兒寡婦要避嫌，漸漸就不往來了。」

杜清檀記在心中，帶著采藍出了門。

為了安全，她大手筆地花八文錢雇了輛牛車，心疼得采藍直哆嗦，把她拉到一旁小聲道：「五娘啊，這太貴了，而且咱們沒錢付。」

「我自有主張。」杜清檀直接上了車。

沒多會兒到了書鋪，杜清檀拎著小包袱進了鋪子，也不說話，先逛一圈，問過各種書籍的價錢，又去另一家。

接連逛了四家，她才挑了家生意最好的鋪子，「請問你們這兒收書嗎？」

店主見她穿著雖舊卻整潔，戴著帷帽，身後還跟著一個衣衫破舊的婢女，便知是哪個沒落世家出來的。

這種人家往往藏有貴重難得的珍本、孤本，世家子不通世情，又以賣書為恥，一般隨意給個低價就賣了，轉手就能掙一大筆。

店主故意冷著臉道：「不收。」

壓一壓，等對方來求，這生意先就成了一半。

「打擾了。」杜清檀卻只是淡淡點頭，毫不留戀地轉身往外。

默數到四，店主已經揚聲喊道：「這位小娘子，看妳形容困窘，鄙人有心拉妳一把，要賣什麼書啊？」

於是鋪子裡所有的人都抬眼看了過來。

這一招也是壓，欺負世家子臉皮薄。

多數人遇到這種情況，都是急匆匆把書賣了，趕緊走人，都不願多講講價，或是多跑兩家鋪子，因為在他們看來實在太丟人了。

而書店這邊呢，買書人親眼所見，會更加相信這書的珍貴難得。

正所謂一石二鳥，生意祕訣。

果然，采藍立時上前把杜清檀擋在身後，生恐被人認出來。

店主看著這情形，拈著鬍鬚得意地笑了起來。

杜清檀卻是恍若未聞，昂首挺胸往另一家書鋪去。

「哎呀，小娘子別走啊！」

店主看得真切，深恐生意落空，趕緊追了出來，「價錢好商量，是什麼書啊？」

杜清檀打開包袱，「《刑德》。」

店主火眼金睛，立刻看出來這書的品相非常完美，動心不已，卻貶損道：「兵書啊，沒什麼人買呢！」

「既如此，那就算了，我這可是前朝留下來的呢！」杜清檀轉身就走。

當她不通時事？隨便挑本書來賣？

契丹入侵，邊境狼煙四起，書生們恨不得丟下聖賢書，衝上陣去仗劍殺敵，兵書沒市場？笑話！

這時候，有幾個書生已經圍了上來。

店主見自己那一套沒用，當即換了正色，作揖行禮，「還請小娘子入內細談。」

一刻鐘後，杜清檀心滿意足地背著手走了出去，身後的采藍拎著個沉重的錢袋子，神情分外複雜。

這麼一套書，居然換了一萬文錢，夠買六百多斗米了！夠全家吃好幾年了呢！

現在她特別害怕被人搶走這錢，所以緊張得牙齒打顫，看誰都像賊。

杜清檀看向街對面的商鋪，「咱們先去把成衣鋪子的債務還清，再買些東西。」

書鋪內，店主寶貝地拿著那兩冊書往後走，一迭聲地道：「孟公，您快來瞧，這是不是前朝的善本？」

後院裡的屋簷下有一老一少兩個男人正在對弈，老的面容清臞，年輕的白膚黑髮、眉眼俊美、唇紅如染，正是獨孤不求。

聽到喊聲，老者抬起頭來，笑道：「聽這聲音，必是好物，快拿來我瞧瞧。」

年輕男人站起身來，接過書冊遞給老者，順便瞥了一眼，奇道：「咦！竟然是《刑德》！」

這可是前朝傳下來的兵書，難得一見。

年輕男人眼裡迸發出火一樣的亮光，「孟公，這書不要和我搶，好不好？」

孟公捋著鬍鬚道：「獨孤小友，你吃我的住我的，還想搶我的書，可真是不厚道。」

獨孤不求勾唇而笑，「我不厚道也不是這一天兩天的事了，我被我哥趕出來，必須找個寶貝討好他才能回去啊！不然等您回了神都，我怎麼辦？又去餐風露宿嗎？」

孟公含笑搖頭，由著他去翻看書籍。

泛黃的書頁展開，一枚鮮紅的古篆藏書印章赫然出現。

「杜！」獨孤不求眉梢一挑。

店主袖著手笑道：「估摸是京兆杜氏的小娘子，我看那模樣嬌嬌怯怯的，也沒個男僕跟著，怕是家裡沒人了。」

店主話音未落，就見獨孤不求大步往外走，孟公不由問道：「你去哪裡？」

獨孤頭也不回地道：「突然想起一件急事。」

杜清檀還清成衣鋪子的欠債，拎了兩身當下最時興的男裝，慢吞吞地走在街上，邊走邊觀察周圍是否有人跟著她們。

采藍拎著幾大包藥材、食材跟在後頭，一迭聲地道：「不能再買了，不然回去怎麼和大娘子交待？」

突然多了這些東西，大娘子又不是眼瞎，賣書的事非洩露不可。

「我自有主張。」杜清檀坐上牛車，吩咐車夫，「去柳巷朱家酒肆，快些。」

確實有人跟著，所以她必須趕緊找到朱大郎。

「好勒！」車夫正要揚鞭，忽見道旁一人大步流星而來，堪堪攔在車前，便道：「這位公子，麻煩您讓讓道。」

杜清檀原本靠在采藍身上假寐休憩，聞聲睜眼，便看到獨孤不求高高的個頭杵在車前，盯著她瞧。

「是您啊！」杜清檀眼風一掃，已將獨孤不求全身上下掃了個遍。

身上還是那件舊袍子，不過漿洗過了，靴子換了一雙，好歹沒露腳趾頭了，卻似乎有些不大合腳，可見其境遇並沒有好太多。

獨孤不求抱著手臂靠在車廂上，注視著她，「這是痊癒了。」

「托您的福，好的差不多了，正想著什麼時候能遇著您，好把之前欠的工錢付了呢！」杜清檀示意采藍給錢。

正如采藍擔心的一樣，她也害怕帶著這麼一大包錢在街上走，萬一被搶就完了。

所以首先就是還清成衣鋪子的欠債，現在既然遇到獨孤不求，那就先把工錢結了。

獨孤不求也不吭聲，垂著眸子看采藍數錢。

采藍數好了錢，緊緊拽著錢串子捨不得鬆手，這麼多錢啊，一會兒工夫就全飛走了，比扒了她的皮還要難受。

「嗯？」杜清檀提出質疑，采藍才不情不願地鬆了手。

「整整一千八百文錢，您點點數。」

「多了。」獨孤不求修長的手指在錢串子上一撥，丟了九十文回去，「別想用這九十文抵消我的傳家寶。」

「抵消不了。」杜清檀也不強求，「上次沒來得及問，您那把刀賣給誰了？賣了多少錢？能不能贖回來？」

「不能。」獨孤不求懶洋洋地看著她，濃密捲翹的睫毛上灑著點點金光，皮膚白得能讓女人嫉妒。

「當時太晚，店鋪打烊，我急著用錢，就在街邊隨手找個人賣了。」

聞言杜清檀也不知道該怎麼辦了，想了又想，只好道：「雖然金錢不能償還您的恩情，也萬萬抵不上您的傳家寶刀，但至少能夠減少一點我的負罪感。所以請您告訴我，那刀賣了多少錢？」

「負罪感？」獨孤不求濃黑的雙眉往上一挑，俯下身子朝她靠過來，眼裡的光閃閃發亮，彷彿貓兒逮著了耗子似的。

杜清檀被他嚇了一跳，整個人很不自在地往後仰。

「五娘真的這麼想嗎？」

獨孤不求呲著白森森的牙笑得燦爛，「確實，於我來說，傳家寶刀只有一把，上面凝聚著先祖的榮光和心血，以及對子孫後代的期許和祝福，無論多少錢都不能償還。」

這一串一串的，是要怎麼辦？

總不會，是想讓她這個羸弱之人以身相許吧？

難不成，她這美貌太過罕見？

可是剛才在書鋪裡頭，也沒見店主因為驚豔就多給她錢，可見她這美貌根本沒啥用。

杜清檀躲在采藍身後，小心翼翼地道：「那我只能以後尋到好刀再賠您了，如果還是不夠，就再補些錢。」

「無論什麼都抵不了。」獨孤不求嚴肅地道：「杜五娘，蕭家這幾天有沒有再找你們的麻煩？」

「找了，他們把于伯打暈在街上，搶走了我們家給成衣鋪子做的貨物，奪走了我們的生計。」杜清檀不想多談這事，她急著要去找朱大郎辦正事，便和獨孤不求告別，「我有急事，必須走了。」

「妳賣書換錢，是想去尋什麼人幫忙吧？」獨孤不求並不肯讓路，反而坐上了車。

杜清檀這才知道，自己剛才賣書的行徑已經落入獨孤不求的眼，但也沒什麼要緊的，她索性認了，「是，事情緊急，無暇閒聊，還請獨孤公子見諒。」

獨孤不求伸出手，指了指采藍懷中的錢袋子，「抱著這麼大一包錢招搖過市，就不怕再被蕭家搶走？」

「當然是怕的。」杜清檀說到這裡，目光閃亮地看向獨孤不求，「獨孤公子，不知是否能夠再雇您做點事？」

「當然可以。」獨孤不求笑了，「但是我的工錢很貴的。」

采藍立刻警惕地抱緊了錢袋子，呸！這個死要錢的，竟然連這種錢都想賺，沒聽說她們已經慘到走投無路了嗎？

杜清檀卻是點頭應了，「倘若您能達成我願，價錢可以商量。」

金錢哪有安全重要？

家裡還有那麼多書呢，實在不行，就以書抵債。

楊氏再不願意，到了那個時候也由不得她。

「不要欠條，也不要書，更不要錢，把妳那套拳法做為償還即可。護妳一路平安，再加我那傳家之寶，正好兩相抵消。」

杜清檀抿著唇不說話，繞了這麼大個圈子，終究還是為了那一拳。

本來不是什麼大不了的事，但如何解釋拳法的由來？

這可比她會食醫麻煩多了。

「我不能答應，那只是我無意之中，被逼急了隨意一揮，它不值得抵消這樁恩情。」

「妳隨意，不過我要提醒妳，我那天幫妳，蕭家俱都看在眼裡。以他家的下流德行，必會利用此事往妳我身上潑髒水，屆時只怕你我二人不會有好下場。」

這是完全有可能的，杜清檀沒吱聲。

獨孤不求繼續道：「但妳若是把那精妙拳法給了我，對外便有了說辭，大家都能理解。瞧瞧，怎麼都是妳賺了。」

采藍立刻心動了，「五娘，要不您就回憶一下，把當時怎麼做到的說給他聽吧！人情這麼大，咱們又窮，多划算啊！」

回憶一下，把當時怎麼做到的說出來？

有道理！杜清檀果斷應允，「行，那我盡力想想。」

獨孤不求心情大好，變戲法似地拿出筆墨紙張，要她立刻寫下左勾拳要訣。

片刻後，獨孤不求仰著頭，高高舉起手裡的拳法要訣，看了一遍又一遍，只覺得真是超乎想像的精妙。

雖然杜清檀一口咬定是被逼急無奈，無意之中使出來的，但他是不信的。

像這種弱質纖纖，有氣無力的女子，怎麼可能將無意中使出的拳法要領記得如此清晰明白？

除非她本來就會！

但是他這些天也打聽過，沒聽說過杜家人有這種傳承，又或者是她無意中從什麼書裡看來學來的？

不管怎麼說，已是很厲害很難得了。

牛車緩緩向前，杜清檀昏昏欲睡，忽覺身上視線滾燙，睜眼就對上獨孤不求炯炯的目光。

「看什麼？」她毫無羞澀之意，只有警惕。

獨孤不求誠懇一笑，「拳法非常精妙，妳很厲害。妳家從前藏書很多，對吧？」

「對！」杜清檀眼睛一亮，就是這樣！

她是從書裡看來的，至於是哪本書已經記不得了，更是被逃奴偷走了！

「若是以後再遇到類似的書，可以賣給我，價錢好商量，我不會亂說，還不用妳拋頭露面。」

獨孤不求這話等同於攛掇人敗家幹壞事。

采藍怒氣衝衝，「你才天天賣書呢！我們以後不會了。」

杜清檀卻是很直接地道：「你有錢嗎？我看你這雙靴子有點不大合腳的樣子，從哪兒撿的？」

獨孤不求的腳指頓時往下摳了摳靴底，有些惱羞成怒地道：「不要小看人！我很快就有錢了。」

「嗯。」杜清檀不以為意地點點頭，「你這麼愛書，不如當我家護衛，工錢就用書來抵，如何？」

「可以考慮。」獨孤不求交疊長腿，懶洋洋地接過車夫手裡的鞭子，用力一甩，鞭梢剛好掃在旁邊一個閒漢身上。

不重，警告的意味更濃。

閒漢一擼袖子就要罵人。

獨孤不求含著笑，目不轉睛地盯著那人看，深褐色的眸子裡閃著冷光，閒著的手放在靴筒上，那裡插著一把短刃。

那目光又冷又凶，仿若伺機而動的惡狼。

閒漢情不自禁地打了個冷顫，心生怯意，等到回過神來，牛車已經去得遠了。

獨孤不求繼續趕著他的車，還嬉皮笑臉地問車夫，「我這技術如何？」

車夫自是稱讚的，「公子比小的厲害多了。」

杜清檀靠在采藍身上，微微側頭掃一眼閒漢，又看一眼獨孤不求挺拔的背，安靜地閉上了眼睛。

這個保鏢好使，可以再琢磨琢磨如何利用再利用的問題。

柳巷，朱家酒肆，正是最熱鬧的時候。

胡姬賣酒，一大群或是穿著長袍胡服，或是穿著半臂光膀子的男人各自圍坐一處，喝著酒談著天，指點江山，縱橫捭闔，個個都是不世出的英雄豪傑。

車夫進去尋人，杜清檀在外聽了一耳朵，談的最多的是契丹入侵的事。

朝廷先期吃了不少敗仗，引得眾人一片憤怒，有人先談到被攻陷的冀州，又談到魏州。

其中提到了一個人——魏州刺史獨孤吉。

一個書生用力拍著桌子，義憤填膺，「這老賊啥本事沒有，膽小第一名。冀州淪陷，他怕契丹攻打魏州，竟把所有百姓驅趕入城防務，不事生產，無以果腹，搞得怨聲載道！」

難得聽到個姓獨孤的，杜清檀少不得好奇，「獨孤公子，這位魏州刺史你可認識？」

「不認識。」獨孤不求面無表情，彷彿嫌她囉嗦似地轉身大步走到另一旁，離得遠遠的。

杜清檀也不放在心上，因為朱大郎來了。

朱大郎身高體壯，黑胖如牛，一雙眉毛又濃又黑，眼睛卻小，精亮如黑豆，再加一個凸起的大鼻子，巨大的獅子口，當真讓人過目難忘。

「聽說妳找我？有事快說，老子還要去喝酒！」

他站在車前，聲大如雷，不耐煩得很，並沒有因為找他的是個瘦弱的女人而客氣半分。

「朱壯士。」杜清檀推開緊緊拽著自己的采藍，掀開帷帽，對著朱大郎行禮，「我姓杜，家父杜蘅，曾任懷王府侍讀。」

「妳是五娘？」朱大郎收起焦躁，驚訝地看向杜清檀，目光直接又放肆。

杜清檀不避不讓，與他對視。

「還真是妳！」朱大郎收回目光，示意她跟自己走到街邊，「想讓我做什麼？即便是殺人放火，也說來聽聽。」

這人真有意思，杜清檀笑了，「您見過我？怎麼就知道是大事？」

「小時候常見，妳一個高門出身的小娘子，多年沒有往來，突然找上門來，必是遇到了大事。」

對方爽快，杜清檀也很直接，「我想請您幫我盯梢一戶人家……」她說了蕭家的事，請托朱大郎，「看他家近幾日內有沒有大事，譬如說要宴請貴客之類的，若有，儘量弄到賓客名單及具體時間。還要打聽長安城中高官家裡是否有病人久治不癒，急需調養的。」

條件所限，本朝醫藥並不發達，良醫著實難尋，故而高官富戶家中若有病人久治不癒，通常都會懸榜尋醫。

混跡長安各坊的閒漢消息最為靈通，很容易就能打聽到。

「此外，還要請您幫忙尋兩個可靠之人，保護我們家的安全，會給酬金。」杜清檀把一塊小小的金子遞給朱大郎，「這是訂金，事後另有酬謝。」

朱大郎並不肯接，豎著眉毛瞪著黑豆眼不耐煩地道：「孤兒寡婦的，誰要妳的錢！妳父親不嫌我是個粗人，與我平輩論交，以兄弟相稱，妳該叫我一聲叔父。」

杜清檀並沒有什麼門第觀念，便宜老爹的朋友，叫聲叔父理所應當，當即便叫了，「朱叔父。」

「嗯。」朱大郎滿意了，「妳那伯母講究得很，怕我帶累了你們的名聲，不讓我登門，這便淡了。我若早知妳被欺辱至此，必不肯善罷甘休！妳回去吧，這件事交給我了。」

言罷朱大郎就要送她上車，「待我叫人送妳歸家，暫時就叫他們替你們看家。」伸手朝兩個壯漢招手，「李二、馬四，過來送我這姪女歸家。這幾日你們都跟著她，聽她調遣。」

那二人聞聲起身，獨孤不求已經走了過來，與朱大郎正面相對，大眼瞪著小眼，都抱著膀子，誰也不讓誰。

「這誰啊？」朱大郎長在市井之間，渾身惡霸蠻橫之氣，橫眉瞪眼，大有一言不合就揮拳相向的意思。

「這是獨孤公子。」杜清檀連忙介紹，「之前就是他幫忙救下團團的。今日正巧遇見，便請他幫忙送我過來。」

「那他這樣瞪著我幹嘛？」

「有嗎？」杜清檀就算看出來也要裝瞎。

「當然沒有！」獨孤不求勾起嘴角，笑得十分友好真誠，「就是好奇俠士長什麼樣罷了。」

朱大郎頓時看他順眼許多，大力拍著他的肩頭，「下次一起喝酒！」

有錢好辦事，杜清檀回到永寧坊，先給獨孤不求等人在附近賃了客店，再大包小包地回了家。

楊氏還沒回來，她將今日買來的藥材、食材鋪陳開來，秤三錢桂枝、兩錢半白朮、一錢二分甘草、一兩薏苡仁，遞交采藍，「前三味清水煎兩次，去渣，留取湯液煮薏苡仁為粥，我今天的晚飯就吃這個了。」

采藍十分懷疑，並不敢動，「這……能行嗎？萬一那什麼……您會不會被毒死？」

「死不了。」杜清檀看著采藍傻楞楞的樣子，決定親自動手，「我來吧，妳幫著燒火就好。」

薏苡仁難煮費柴，杜清檀先把它泡上才去煮桂枝、白朮，她做得慢卻不生疏，甚至還很享受入迷。

采藍看著這麼個陌生又熟悉的五娘，愁兮兮的把臉皺成一團，萬一毒死了怎麼好！

楊氏踩著暮鼓進的家門，踏進院門就看到院子裡跑著十幾隻「唧唧」叫的小黃雞，於是愣了，「這是？」

杜清檀在廚房裡回答她，「我買的，小雞也是才讓人送來的，以後咱們自己養雞生蛋吃。」

雞長大了，就會「病死」或是「意外死」，甚至可能「自殺」，那時候就可以拿來煮湯吃肉打牙祭啦！

楊氏皺了眉，「妳哪兒來的錢？」

第五章　專治窮病的藥膳

采藍和老于頭緊張得不敢呼吸了，一個藏在門背後，一個藏在角落裡。

「我在櫃子裡找著一個金鐲子，拿去金銀店裡換了些錢。成衣鋪裡的債務已經結清，大伯母不用擔心。」

杜清檀撒起謊來眼都不眨，比天上的太陽還要坦然。

楊氏當然不信，「什麼金鐲子這麼好找？妳早些時候怎麼不說？」

「其實是我娘留下的遺物，我之前想著做個念想，所以一直瞞著沒和您說……」杜清檀絞著自己的衣角，細聲細氣，很是羞愧的樣子，「大伯母不要怪我自私。」

楊氏萬萬想不到如此乖巧懂事的孩子會私賣藏書，只看她這嬌怯脆弱的模樣，心就先軟了一半，嘆道：「我怪妳做什麼？妳這不都拿出來了嗎？」

杜清檀就湊過去給她捶肩捏腿，「大伯母辛苦了。」

楊氏看看姪女，再看看團團，好容易才忍住沒哭出來，孤兒寡婦，怎麼這樣難！

團團眨巴眨巴烏溜溜的大眼睛，從懷裡掏出個尚且溫熱的雞蛋塞過去，「阿娘，這是十二叔婆給我的，您吃！」

楊氏哪裡忍心吃，「給你姐姐，娘不愛吃。」

「這可巧了，我今日也買了些雞蛋，每個人都有。」

杜清檀拿出雞蛋分給于婆等人，「本來油煎雞蛋更香，但是采藍不許，說是費油。」語氣忿忿的，很是不滿。

楊氏被她逗笑了，「采藍會當家，比妳強。」

一家子坐下來吃晚飯，楊氏看到了杜清檀的粥，「這是什麼？」

杜清檀先喝了一大口才道：「桂朮薏苡仁粥，很適合我的症狀。」

楊氏懷疑地拿過來翻看，她倒沒覺得會毒死人，只是擔心，「會不會和妳現在用的方子相沖？」

「不會，我不是胡來。甘草反甘遂、京大戟、海藻、芫花，烏頭反貝母、瓜蔞、半夏、白蘞、白芨……」杜清檀現場背了一段中藥配伍中的「十八反與十九畏」，笑嘻嘻地道：「還有食物相剋，有白朮勿食桃、李、蒜、青魚、芫荽、雀肉，有甘草勿食菘菜……」

楊氏沉默許久，啥都沒說，只把粥還了回去。

杜清檀又道：「我瞧您最近睡得不好，似乎排泄也不通暢，給您煮了鍋胡桃仁沙參湯，等會兒您喝了吧！」

楊氏臉一紅，嗔怪道：「什麼排泄！好好的女兒家，說得這麼粗魯！」

話雖這麼說，心中卻多了幾分期待，她近來蒼老得厲害，月事亂了套，夜裡常燥熱不堪，難以入眠，常常便秘不舒服，腰還酸，加上心煩事多，其實已經撐不住了。

她自己曉得該看大夫調理，只是沒錢，苦熬罷了。

杜清檀不以為然，「也沒外人，怕什麼？」

楊氏默不作聲地用過飯，小心翼翼地嚐一口胡桃仁沙參湯，「怎麼還是甜的？倒也不難喝。」

「放了赤砂糖。」

楊氏皺起眉頭，「糖那麼貴，其他配料也不便宜吧？」

「一兩胡桃仁，四錢沙參，生薑四片，赤砂糖些許，不貴重，但能調養您的身體。大病起於小病，團團還這麼小，我又這樣，萬一您病倒了，我們怎麼辦？」

團團配合地癟了嘴，「阿娘不准生病！」

楊氏再是堅強也紅了眼眶，低著頭悶了片刻，才又抬頭微笑，「哪裡就至於如此了！行吧，妳既已煮了，我便喝了。」言罷，一飲而盡。

這是孩子的孝心，哪怕不贊同、不相信真能治病，也要把它喝光。

喝完這劑後，不許孩子再折騰也就是了。

杜清檀勾唇而笑，熬了一大鍋呢！最近天還涼爽，每天燒開兩次就不會壞，吃上幾天也該見效了。

沒有強健的體魄，怎麼和人對抗？所以全家都要壯壯的！

待到團團睡了，楊氏方拉著杜清檀的手輕聲道：「族長病了，還挺重的，答應等他稍好些就出面辦這件事。」

先前尋不著人，或許真是碰巧。

隔了這麼多天一直沒音信，十二叔公夫婦陪著上了門，好巧不巧又病了。

只怕生病是假，而是蕭家走動過了。

畢竟如今的杜氏，真比不上蕭氏風光，底氣不足，難免會慫。

何況孤兒寡婦並不重要，不值得冒險。

這是雙管齊下，非得把他們逼死呢！

「俗話說得好，車到山前必有路，船到橋頭自然直，憂愁煩惱總能過，無須心上添石頭，我不急，您也別急。」

杜清檀嘴上勸著，心裡卻生起一股戾氣，想要她死，想要她低頭，她偏要咬著牙爭上一爭，哪怕就是因此死了，也要撕掉對方一塊肉！

「大伯母，咱們家可還有什麼往來比較密切，身分地位與蕭家相當，能幫上忙的親戚友人？」

楊氏想了片刻，「妳爹從前的好友不少，但大多與他一道捲入那事，或是身死，或是被貶，餘下的都是明哲保身的。倒是我娘家那邊，有個遠房族叔在任宰相，或許能夠尋他幫忙。」

杜清檀記在心裡，另有一番思量。

也不知是不是杜清檀煮的胡桃仁沙參湯起了作用，又或許是太累了，總之楊氏當天夜裡睡得很熟，再未像往常那般熱醒。

次日一早又飲過一碗後，積累四天的大便終於暢通了！

一通百通，楊氏舒服了許多，本想誇誇孩子，又怕惹得杜清檀繼續往歪路上走，便悶不作聲。

杜清檀也不問她如何，張羅著給老于頭熬補血安神湯，又練五禽戲，還鼓勵全家一起來。

于婆和采藍站在一旁看熱鬧，就是不肯動，倒是團團跟著練得歡快。

忽聽隔壁王家一陣雞飛狗跳，大人罵孩子哭的，好不熱鬧。

楊氏不愛管鄰居的閒事，于婆卻是個愛操心的，豎著耳朵聽了會兒，搖頭嘆氣，「王家三郎腹瀉，拉在床上了。」

楊氏不贊同地道：「孩子也不是故意的，罵他做什麼？」

「請大夫買藥花錢，還要花時間洗被褥，王娘子事多，心裡煩，都是窮困鬧的啊！」

杜清檀緩緩收功，取了兩顆雞蛋逕自往外走。

「妳去哪裡？」

「去探病。」杜清檀理所當然地道：「王家不是常幫咱們嗎？三郎病了，得去看看。」

楊氏覺得小孩子腹瀉不是大事，又只是去隔壁就沒多管。

杜清檀出了門，但見對面街邊蹲著李二和馬四，卻是不見獨孤不求，便猜他怕是躺在客店裡頭睡懶覺。

她快步朝二人走去，遞了個錢袋子過去，「麻煩哪位去和我朱叔父說，要請他重點打聽那位在任的楊相公都有什麼喜好，以及家裡的一應情況如何。」

馬四立刻去傳信，留下李二繼續守護。

杜清檀敲響了王家的門。

王家是長安城中最普通的那種人家，男人在鋪子裡做事當差養家，女人在家照顧老人和孩子。

孩子們是沒機會讀書的，等到稍微長大些就要做事。

男孩去酒肆、飯館、鋪子打雜，或是去大戶人家做奴僕。女孩在家幫著料理家務帶弟弟妹妹，再做點針線活兒什麼的補貼家用，攢嫁妝。

正常情況下，錢財剛夠溫飽，若是有個婚喪嫁娶、生病意外啥的，就得勒緊褲帶過日子了。

故而王娘子聽到有人敲門，先就暴躁地吼了一聲，「誰啊？」

王家大女兒草丫開的門，見著杜清檀就紅了臉，然後朝著她娘吼得更大聲，「是隔壁五娘！」

兩家雖是鄰居，然而杜家是高門望族，王家卻是地地道道的庶民百姓，是完全不同的兩種身分。

是以，哪怕平時常有往來，王家人也只肯叫楊氏夫人，稱杜清檀五娘，喊團團小郎，從不敢沒大沒小的。

所以這是貴客登門。

王娘子的臉一下子紅了，手裡還抱著剛收拾出來的髒被褥，慌慌忙忙地道：「快快請坐，我馬上就收拾好了！」說著，見小兒子光著屁股站在一旁哭，對著他的屁股就是一腳，「還不趕緊進屋去，沒出息的臭小子！」

王三郎哭得更厲害了，哭著哭著，「噗噗噗」一陣響動，現場噴出一灘水樣大便。

王娘子更尷尬了，卻見杜清檀目不轉睛地盯著那三歲小兒看，看了人又看地上的大便，似乎還嫌看得不夠清楚仔細，竟然還往前走了兩步。

王娘子無地自容，舉起手又要打兒子，「你這個討債鬼哦，大清早就來要我的命！」

卻被杜清檀攔住了，「王娘子，這不是三郎的錯，快別打他了，怪可憐的。」

王娘子很不好意思，「五娘是被我打罵孩子吵著了吧？大清早就把妳鬧醒，以後不會了。」

都知道杜清檀一直臥病在床，打擾不得，這肯定是來提醒他們的。

只是杜家書香門第，說話委婉好聽，但人得有自覺啊！

丟死人了！都怪這不爭氣的小子！

王娘子又想伸手打兒子，卻見杜清檀已經蹲在孩子面前，拿出兩顆雞蛋，溫柔地道：「三郎想不想吃雞蛋啊？」

王三郎看到雞蛋就不哭了，癟著嘴猛點頭。

「那你伸出舌頭給我看看？」杜清檀把蛋放下，輕輕扣住孩子的脈門。

久瀉不止，大便水樣，面色淡白，精神萎靡，四肢厥冷，舌苔薄白，脈象細微，是脾腎陽虛之症。

杜清檀笑咪咪地將雞蛋遞給滿頭霧水的王娘子，「給孩子吃的，別嫌少。」

「怎麼會嫌少！」王娘子收了雞蛋，疑惑地道：「五娘為何要看三郎的舌頭？」

「我剛好知道一個治小兒腹瀉的偏方，是祖傳下來的祕方，我小時候就是這樣吃好的！」

她不說食醫，只說偏方，是怕王娘子沒聽過這說法，冠以祖傳祕方之名，則是怕人家不信任她。

王氏果然喜出望外，「當真？他都拉兩天了，再這樣下去，實是讓人擔憂。」

他們這種人家，尋常生病是不請大夫的，除非病得很重。

當然也得看孩子有沒有福氣了，若是幾服藥不好，沒錢看病買藥，就看他自己能不能熬過去了。

杜家高門，底蘊深厚，祖傳祕方什麼的，肯定有用啊！

「王娘子不必擔憂，我這偏方簡單得很，但要對症才能用，我得再問問這孩子的情況。」

「您問！」

「是不是吃了什麼不乾淨的東西？有沒有請過大夫抓過藥？或是吃過其他什麼偏方？」

杜清檀問得很仔細，即便是藥膳，也要根據不同個體辯證施用，不能亂來。

王氏只是搖頭，「吃食全家都一樣，就他一個拉了。大夫沒請，讓他吃了點山楂。」

「山楂是傷食才用，他這個不是。這樣吧，您去藥鋪買幾枚乾白果，去皮取仁研磨成細粉，雞蛋敲個小洞，一顆雞蛋裝兩顆白果仁粉，豎起來放在火上烤熟，給他吃了試試。」

王氏立刻掏了兩文錢讓大女兒王草丫去藥鋪買乾白果。

杜清檀就回了家，也不和楊氏提及此事，只勸她無事多歇歇。

楊氏卻是坐不住，因為想到或許那位宰相族叔可以幫忙，就又回娘家尋求幫助去了。

李二自是遠遠地跟著，一路小心守護。

楊氏不在家，杜清檀卻也沒閒著，趕了團團在房檐下讀書習字，她自己在一旁盯著，順帶豎起耳朵探聽門外的動靜。

中時剛過，門便被敲響了。

獨孤不求吊兒郎當地站在門外挑刺，「都不問問是誰就開了門，也不怕是賊人。」

杜清檀懶得和他耍嘴皮子，「是有什麼消息傳來了？」

獨孤不求也無意進去，「女皇自神都回鑾長安，適才已然入宮，文武百官隨駕而歸，蕭家準備後日大宴賓客，座上客都是達官貴人，其中就有妳今早特意問到的那位楊相公。楊府家宅安康，無人生病。楊相公本身品性卑劣，圓滑庸碌，只知討好自保，怕是不會管你們家這種閒事，別指望他了！」

「你如何知道我在打聽那楊相公？你當時不在啊！」兩人現在是平等關係，看來又少了一條路，杜清檀頗為失望，卻更奇怪獨孤不求對此人竟然這般熟悉！要知道，這樣的事不是朱大郎那樣的市井閒漢能夠知道的。

「我就躺在坊牆上曬太陽，是妳目中無人。我見妳給隔壁王家小兒問診，又問京中是否有懸榜求醫的富貴人家，莫非妳要給人治病？又或是想借這條路冒險謀生？想法很好，但是估計很難。」

「但凡有一絲機會，總要去試試。我有祖傳祕方，又得家父夢中點化，一夢十年。」杜清檀說得自己都相信了，所以十分理直氣壯，「您看，我最近不是好了許多？」

「確實是好多了。」獨孤不求盯著她看了片刻，突地笑了，「什麼夢中點化，與其瞎編，不如尋個正經師父，也就師出有名了。」

「我沒瞎編！」杜清檀堅決不認。

找師父什麼的，她也想過，但是遠水解不了近渴，她等不得。

她掏出錢袋子，「我要請托你幫我上街買幾樣東西。」

獨孤不求來了興趣，「要買什麼？我這個人最樂意替人花錢了！」

杜清檀遞給他一張紙，「紫礦細料、赤砂糖、酥山，再買兩個拇指大小的薄瓷瓶。」

獨孤不求沒再多問，飛快地去了。

杜清檀關門回身，但見團團睜著一雙烏溜溜的大眼睛，咬著筆管盯著她看，「姐姐，剛才和妳說話的是獨孤大哥哥嗎？」

「嗯。」杜清檀走過去摸摸他的頭，笑道：「姐姐有件事要和你商量，最近你娘又累又乏，我怕她會生病，所以有些事情，咱們不要告訴她好不好？」

「是賣書的事嗎？」

杜清檀嚇了一跳，轉過頭氣勢洶洶地瞅著采藍。

采藍連忙擺手，「不是婢子。」

「是我看見的，家裡的藏書少了兩本，姐姐的櫃子裡也沒有金鐲子。」

杜清檀默了片刻，伸出手指要和團團拉鉤，「萬萬不能告訴你娘，不然她非得生氣揍我不可，我們也沒雞蛋、白米麵吃了。」

這麼聰慧的小孩子，倒是驚喜，好生撫養，將來有靠了！

獨孤不求辦事利索，很快買來杜清檀要的東西，他很好奇，「五娘是打算做什麼好吃的嗎？」

「是啊。」杜清檀敷衍著要關門，「我大伯母不在家，不方便請你入內。」

獨孤不求將手撐住門扇，笑容爽朗，「其實我剛才想和妳說，楊相公指望不上，卻可以指望另一個比他更為位高權重之人。」

杜清檀立刻打開門，換了口氣，「恩公登門，怎能拒之門外呢？您快請。」

獨孤不求背著手，大搖大擺地走進去，轉頭看到牆頭上趴著個臉蛋黑紅的丫頭朝他張望，便大方地拋去一記媚眼。

這把王草丫嚇得一個踉蹌摔落牆頭，「哎喲」一聲慘叫，跟著王娘子的咆哮聲響起。

「沒規矩的臭丫頭！看我打不死妳，叫妳爬牆，叫妳爬牆！」

雞飛狗跳中，杜清檀打開了裝著酥山的食盒。

盒蓋才打開，一股涼氣撲面而來。

盒中一堆晶瑩剔透的碎冰塊，碎冰塊裡點綴著粉豔豔的桃花瓣和碧玉般的嫩柳枝，正中間是一只嫩竹削成的小碗。

小碗中放著一座散發陣陣奶香，白玉般的山巒，山巒上方還插了一朵優雅的春蘭。十分雅致、奪人眼球。

「這酥山真好看啊！」采藍和團團眼睛都看直了，嘛起了口水。

這用奶製成的酥山，算是唐代的「冰淇淋」，十分奢靡難得，也十分美味好吃，當初杜清檀的爹還在世時，家中接待貴客，也會準備這個，沒想到今日今時竟然又得見了。

「姐姐。」團團抱著小胖手，可憐巴巴地看著杜清檀。

杜清檀抬頭，只見周圍三個人，包括獨孤不求在內，三雙眼睛以同樣的姿態盯著她，都是想要分一口嚐嚐鮮的意思。

她面無表情地把食盒蓋上，拎著紫礦細料和赤砂糖進了廚房。

團團吐了口氣，也不哭鬧，轉頭笑咪咪地招呼獨孤不求，「獨孤哥哥，您請這邊坐，我給您倒水。」

「真乖。」獨孤不求摸摸他的頭，長腿一邁，跟著進了廚房，也不打擾杜清檀，就抱著雙臂靠在一旁看。

杜清檀拿走酥山上裝飾的花朵，把酥山放在鍋裡小心加熱，等到融化，就得到了奶油。

「五娘！」采藍見她如此暴殄天物，不由急了。

杜清檀不理她，「把紫礦和赤砂糖給我。」

紫礦是製作胭脂的名貴原料，從真臘國來，也是貴得不得了。

采藍眼睜睜看著杜清檀抓起那名貴的紫礦細料，加入溶化的酥山裡，又將很貴的赤砂糖加進去，攪成一堆鮮血一樣的汁子，整個人都不好了，只想尖叫暴跳。

「暴殄天物啊！」采藍這麼想著，也這麼喊了出來。

杜清檀不為所動，舀一勺餵入口中，舔一舔，嚐一嚐，點頭，「味道不算太差。」再伸出舌頭在唇角舔了一圈，問采藍，「怎麼樣？」

采藍震驚地指著她說不出話來，好半晌才道：「您就和吐了血似的。」

「有眼光。」杜清檀滿意地笑了，不愧是專業配方。

「這是什麼？」獨孤不求俯身過來，伸手蘸了一點餵入口中。

杜清檀面不改色心不跳，「藥膳。」

「藥膳？」獨孤不求萬萬沒想到竟會得到這樣一個答案。

這表面一本正經，實際撒謊不眨眼的小女子！

「什麼藥膳？說來聽聽？」

「專治窮病的藥膳。」杜清檀小心翼翼地把東西裝入小瓷瓶，仔細蓋嚴實了，貼身藏好。

采藍在一旁傻傻地道：「窮病還能治？五娘，不如您先把咱們家的人治好？」

「噗！」獨孤不求笑出了聲。

杜清檀面無表情。

「公子笑什麼呢！」采藍漲紅了臉，「您剛才允諾說要告訴我們，有什麼位高權重、可以指望的人，究竟是誰？」

「梁王武慶，他是女皇親姪，深得寵信，朝中無人膽敢輕易得罪。只要他肯出聲，蕭家定然不敢違逆。巧的是，他生了一種叫做蛇盤瘡的怪病，無數皰疹盤旋腰間，又痛又癢，寢食難安。無論御醫還是民間神醫看了不少，始終不曾得以痊癒。妳若能夠替他解決這個難題，妳退親的事輕而易舉便可解決。」

問題是，妳能治嗎？

獨孤不求沒把這話說出口，而是靜默地看著杜清檀，想看她有什麼反應。

久病成醫，看過幾本醫藥書籍，或許粗通醫理藥理，能治一些小病症。但要涉及這種真正的大病，卻不是能夠依靠美貌和好運混過去的。

采藍絕望極了，「御醫、神醫都看不好的病，五娘怎麼可能治得好啊？」

帶狀皰疹啊……杜清檀平靜地道：「倒也可以一試。」

富貴險中求，她師出無名，毫無根基，這是最好的機會。

一旦成功，不僅能夠解決眼前面臨的危機，還能為今後打開局面，奠定基礎。

否則光靠她給鄰里治個頭痛、拉肚子什麼的，努力十年也不可能過上想要的生活。

「試？怎麼試？」采藍只覺匪夷所思，反應激烈，「五娘，那可是梁王，稍許不慎就會死人的！好死不如賴活著，您還是別折騰了吧！」

和蕭家退婚，不過是忍口小氣。

招惹宗親皇室，卻是要丟掉全家的命。

兩害相權取其輕，還不如答應蕭家算了。

杜清檀並不搭理采藍，只抬眼看向獨孤不求，「獨孤公子可有辦法替我引見梁王？」

獨孤不求沉默地注視著杜清檀，蒼白美麗，纖細的脖子脆弱到他輕輕一捏就能斷，然而那雙眼睛亮得出奇，裡頭仿若燃燒著火苗，滾燙，有力，自信，無畏。

「妳不怕死？」他聽見自己的聲音突然之間就啞了，「其實我一直想和妳說，低個頭沒那麼難，何必這般為難自己？書可以賣，頭也可以低，好好活著最重要。」

「不，人活著，很多時候就是為了一口氣，況且此時尚未落到那個地步。但凡有一絲可能，我都想要讓自己活得像個真正的人，也希望自己身邊的人能夠活得體面些。」

有尊嚴，像個真正的人，而不是豬狗、草芥一樣的存在。

杜清檀斂衽正容，對著獨孤不求拜倒下去，「請您幫我引見，我能治梁王的病。」

獨孤不求並沒有立時回答她的話，而是垂眸沉思。

杜清檀感受到了他的拒絕。

給權貴引薦醫藥是要擔風險的，萬一庸醫害人，引薦者也要擔過。

獨孤不求與她非親非故，從開始到現在也不過是僱傭與被僱傭，想要拳法，想要她家的藏書，利益交換的關係罷了。

這人不是壞人，能夠伸以援手幫她，那是人家好心。但要把人拖進深坑，確實太過為難人，沒道理的。

杜清檀瞬間釋然，笑著站直身子，輕快地道：「算了，獨孤公子太過重利，我不想把好處分給你，還是我自己去吧！」

很好地維護了獨孤不求的體面，算是回報他的善意。

獨孤不求卻是輕輕吐出一口氣，勾起嘴角微微笑了，「見者有份，杜五娘，妳怎可過河拆橋？把妳的藥方說來聽聽。我也懂得幾分醫理藥理，或許可以幫妳掂量一二。」

杜清檀搖頭，「我這就是一個很簡單的方子，但我有把握，一定能治梁王的病。我不是騙，也不是想要趁機搞什麼怪。」

獨孤不求見她不肯說，也不強求，「我先去做個準備，明日來接妳。」言罷大步走了出去，不忘和團團笑著打了個招呼。

第六章 給梁王做妾算了

「五娘，您真的要去治梁王嗎？」采藍臉色煞白，緊張地看著杜清檀。

杜清檀垂著眸子收拾鍋碗瓢盆，「我不會牽連家裡的，倘若我因此死了，正如蕭家的意，他們不會再找家裡的麻煩。」

「婢子不是這個意思。」采藍急得滿頭大汗，卻沒辦法表達自己的內心，「我是覺得不必如此冒險，咱們再等等，大娘子不是去尋楊家舅爺幫忙了嗎？或許能夠打動楊相公呢？杜陵那邊是因為沒有拿得出手的宗親，但楊相公是宰相啊！就是輕輕一句話的事。」

杜清檀摸摸她的髮頂，笑道：「妳別怕，我不是亂來。自家宗族尚且求不動，何論外人呢？我們想得到，蕭家也想得到，楊家不會幫這個忙的。我意已決，妳不要告訴大伯母和其他人。」

采藍垂著眼噘著嘴不吭聲，就是不願意答應替她隱瞞的意思。

「要不，我這就把妳放了吧！不是我家的人，就不會被我們牽連了。」

「不要！」采藍被嚇住了，眼淚啪嗒啪嗒往下掉，「五娘不要趕我走，我不說就是了。」

杜清檀盯著她的眼睛，「今晚妳同我一起睡，不許離開我半步，哪怕出恭也要跟著。」

采藍還想說什麼，卻見杜清檀猛地抓起一旁晾曬的鞋子扔出去。

她順著一瞧，一隻老鼠被砸翻在牆根那兒。

接著，杜清檀走上前去，拿起門閂用力往下一砸。

采藍打了個冷顫，緊緊捂著自己的嘴，「我不說，我什麼都不說。」

杜清檀看了她一眼，淡定地道：「打掃乾淨。」

天色漸晚，楊氏卻還沒回來。

團團坐立不安，去牽杜清檀的手，「姐姐，要不我們去接阿娘吧！」

「好。」杜清檀帶著團團出了門。

走不多遠，就見楊氏埋著頭快步而來，于婆以及一個十七、八歲的少年郎緊隨其後，三個人的表情都很不正常。

「阿娘回來啦！」團團親昵地去牽楊氏的手。

「嗯。」楊氏卻是隨意摸一摸他的頭，就低著頭快步進了大門，直奔自己的房間，把門緊緊關上了。

「怎麼回事？」杜清檀問著于婆，眼睛看向那緊隨而來的少年郎。

眉眼與楊氏有幾分相似，穿著件半舊的圓領缺胯袍，衣料尋常，此時面對她的目光，面紅耳赤，十分不安。

「就是有些誤會……」于婆不好說得太明白，索性給杜清檀介紹，「這是楊家大郎。」是楊氏的姪兒楊進，聽說書讀得不錯，杜清檀把人對上了號，就斂衽為禮，「楊表哥請屋裡坐。」

「不進去了，我就是送姑母回來。馬上暮鼓就要響起，還得趕著回家。」楊進紅著臉把手裡拎的包袱遞給團團，「給你的筆墨紙張，好好念書，改天哥哥再來看你。」

團團依依不捨地拉著大表哥的手不肯放，「不要，哥哥吃了飯再走。」

楊進看看團團，又看看杜清檀，鼓足勇氣道：「五娘，對不住，今日姑母回家說了妳的事。論理我們怎麼都該出手相幫，但是我們家人微言輕，實在惹不起蕭家。他家早在前日就派了人過去我們家裡，表面上是讓我爹娘過來勸你們好聚好散，實際是威脅。我爹娘沒理睬他們，轉眼我爹外出飲酒就與人紛爭，挨了一頓打，險些把腿打斷，還吐了血。人家說了，如若再不知趣，下次就要把我的腿打斷，把我弟弟弄瞎，叫我一家死無葬身之地……」

杜清檀面無表情地聽著，果然如同她想的一樣。

有權有勢就可以任意妄為，就可以全方位地壓制打擊他們。

強權的力量，讓人喘不過氣來。

「五娘……楊相公和咱們隔著房，不親的，他也不是什麼愛幫忙的人。」楊進看著鞋尖，聲音很小，「要不，妳勸勸姑母，忍一口氣，海闊天空，算了吧！」

「好的，我知道了。」杜清檀回以一笑，「謝謝表哥，讓你和舅舅、舅母操心了，真是不好意思，給你們添了這麼多麻煩。」

「沒有，沒有。」楊進見她無怨無恨，反而笑臉相迎，慚愧不已，「是我們無能。」言罷猛然轉身，大步離開，邊走邊擦眼淚。

被人如此欺凌，誰又甘心呢？

不過形勢比人強，只能低頭罷了。

「團團要好好讀書啊！」杜清檀摸著堂弟圓圓的頭，目送楊進走遠，關上了大門。

楊進拿來的包袱裡不止是筆墨紙張，還有一千文錢，算是親戚能給的最後幫助。

「團團，你要記住今天的事，但不要怨怪舅父、舅母。」

團團其實不太懂得這其中的道理，只知道自家被欺負了，沒人肯幫他們，「姐姐，他們會弄死我們嗎？」

「不會，我已經找到辦法了，很快就能解決。」杜清檀不想嚇壞小孩子，「我讓采藍給你蒸碗蛋羹好不好？」

團團的眼睛亮了起來，「我們大家一起吃。」

「好，去看看你娘，別和她說話，就陪著她。」杜清檀安排好團團，就進了廚房。

她給楊氏煮了一碗養心安神、清熱潤肺的百合綠豆菊花粥，給自己煮了一碗養血補脾、養心安神的龍眼花生湯。

于婆拉著采藍在一旁說悄悄話，今日楊氏回娘家求助，遇到的事沒楊進說的那麼簡單。

楊家舅母張氏說的話很不中聽，拒絕幫忙也就算了，還力勸楊氏改嫁，把杜清檀這個拖累丟下。

楊氏不肯，姑嫂二人吵了一架。

吵起架來，張氏的話就更難聽了。

話裡話外都是楊氏不識時務，沒福氣，還帶累了娘家。

楊氏寒心又丟臉，哭著跑走了，這才有了楊進追來的事。

「這錢啊，多半還是楊舅爺給的。但這以後，只怕也不會再給了，嫁出去的女兒潑出去的水啊！」于婆感嘆著，交待采藍，「別讓五娘知道了，不然她也要跟著傷心。」

采藍低著頭使勁剁菜，彷彿想把所有的忿恨全部發洩出來。

天漸漸黑了，杜清檀的粥也熬好了，她拿出兩個瓷碗，小心地把粥盛進去。

「五娘，您說得對，蕭家不會放我們好過的，但凡有一線機會，就要努力去爭！」采藍走到她身邊，鄭重其事地道：「婢子相信您！」

杜清檀有些許被鼓舞到，這丫頭終於懂得她了。

沒想到采藍湊過來小聲補了一句，「您長得這麼好看，實在不行，給梁王做妾算了，弄死蕭七郎那個王八蛋！」

是她高看這丫頭了，杜清檀嘴角抽抽，默了片刻才道：「倒也是個好主意。」

「是吧！」采藍高興了，「明天您必須好好打扮一下，萬一治不好病，也是一條退路。」

「很有道理。」杜清檀不想再和她說話，索性支使她做事情，「擺飯。」

等到飯桌擺好，楊氏已經重新梳過了頭，洗了臉，然而面容憔悴，神色鬱鬱。

杜清檀把百合綠豆菊花粥遞過去，「大伯母奔波一日辛苦了，喝了這個就睡吧！」

楊氏並沒有什麼胃口，心情更是糟糕，見到這麼一碗奇奇怪怪的粥，眉頭先就蹙了起來，「下次不要浪費錢了。」

采藍和于婆都緊張地看著杜清檀，就怕她一個忍不住，和楊氏起了齟齬。

杜清檀卻是從善如流，「好。」

楊氏就又內疚，「我不是在怪妳，我就是……」

「我知道，您先把粥喝了吧！我相信天無絕人之路，地有好生之德，事情總能解決的。」杜清檀哄著楊氏勉強喝了一碗粥，就打發她去睡了。

而在平康坊南曲，一間酒肆內燈火輝煌，賓客滿座，推杯換盞。

名妓崔曉曉領著眾人行酒令，妙語如珠，巧笑嫣然，好不快活。

所謂名妓，並不只是靠臉吃飯，最緊要的是知情識趣，有才情，精通音律舞蹈，懂得調節氣氛。

不過似乎有人不被這熱鬧氣氛感染，燈光昏暗的角落裡，獨孤不求自斟自酌。

「正之為何獨自一人在此獨酌啊！」衣衫華麗的少年郎舉著酒壺走過來，挨著獨孤不求落坐，一手攬著他的肩，一手給他斟酒，「許久不見，你和我們這些老友都生分了。聽聞你早就回來了，為何直到今日才來尋我們？你說該不該罰？」

「就是，罰他三大碗！」

其餘人都是年輕有朝氣的少年郎，個個衣衫華麗，醉眼迷離，只管拍著桌子起鬨。

琥珀色的酒液注入銀碗之中，滿滿當當的，獨孤不求微微一笑，仰頭飲盡。

酒液順著豔紅的唇角流淌下來，沿著滾動的喉結沒入領中，浸濕了胸前的衣衫。

一旁伺候的崔曉曉看見了，眼神癡迷，伸出雪白纖細的手，捏了煙籠一般的紗帕替他擦拭。

獨孤不求安然享受，大笑著將空了的銀碗用力放在桌上，豪氣地道：「還有誰不服？」

「你急什麼？夜還長，生怕醉不死你！」身旁的少年郎嫌棄地扯著他身上的舊衣，「難看死了，換掉換掉！」

「不換！」獨孤不求微紅著眼，用力一拍桌子，「老子自己掙的軍餉換的衣衫，比你們身上穿的都金貴！」

「這小子醉了，安排他歇息吧！」眾人哈哈大笑，「曉曉，快扶他入內。」

崔曉曉嫣然一笑，秋波流媚，探手去扶獨孤不求。

「我沒醉！」獨孤不求用力將她推開，乜斜著眾人道：「來！我找到一個掙錢的法子，你們要不要入股試一試？」

眾人一聽，全都來了興趣，「什麼法子？快說來聽聽！」

「聽聞武氏諸王設了鬥場，鬥雞、鬥狗、鬥牛、鬥豹、鬥虎，還有鬥人。」獨孤不求張開手臂擁住身旁的華衣少年，「鵬舉，你可知道，鬥人之時，一場賭金至少千萬？」

「當然知道，早前我們也曾押過注，可惜運氣不好，十場裡頭倒有九場輸的，不敢再碰了。」

眾人也都跟著附和，「就是，不可捉摸，不耐煩花那個冤枉錢。」

「只是押注有什麼意思，何不自己養人抽成？穩賺不賠！」獨孤不求輕描淡寫地拋出誘餌，「我有法子培養出厲害的鬥人，你們跟不跟？」

眾少年面面相覷。

半晌，武鵬舉用力一拍桌案，大聲道：「跟，怎麼不跟！獨孤回來了，帶著我們一起找樂子，願意的往這邊來！」

獨孤不求微微一笑，率先伸出自己的手。

啪！最先覆上去的是武鵬舉，緊接著，五、六隻年輕有力的手掌層層疊疊地覆了上去。

獨孤不求滿意地道：「來，滿飲此杯，一起掙錢！」

喝完酒，三更已過。

眾人醉眼矇矓，起身跟著舞姬跳舞唱歌、撫琴吹簫，玩得不亦樂乎。

獨孤不求揪著武鵬舉的衣襟，湊在他耳邊低聲道：「我有個事要請你幫忙。」

武鵬舉豪爽地道：「說吧！」

「聽聞梁王病重難癒，我這裡有個方子想要獻上去，卻又怕療效不夠好，惹得他老人家動怒，這可怎麼好？」

武鵬舉聽到他有藥方，哪裡還管得了別的，著急地道：「我家伯父被這病折騰得去了大半條命，到處搜羅方子和郎中，哪裡又是所有方子和郎中都有用的？你有方子只管拿來，我送過去。若是果真有用，功勞是你的。若是無用，就算我的。伯父只會念我一片孝心，不會怪我。」

獨孤不求為難道：「這事裡頭有個隱情，是人家的祖傳祕方，想用它換個前程。」

武鵬舉就有些為難了，「想做官啊，那可不容易，我得先跟我伯父說說，還要看這藥方是否有用？」

「不是做官，而是他家得罪了人，想求梁王庇護。也不是什麼了不起的權貴人家，就是仗勢欺人罷了，只要梁王輕輕一句話就能解決。」

武鵬舉便問，「誰家？」

「蘭陵蕭氏。」獨孤不求湊在武鵬舉耳邊輕聲說了幾句話。

武鵬舉沉吟片刻，道：「既然如此，明日我領你們走一趟。」

獨孤不求笑起來，與他勾肩搭背，猜拳吃酒。

天剛剛亮，杜清檀就起了身。

照例先來一段五禽戲，然後擦洗換衣，準備吃早飯。

因見楊氏遲遲不來，便去她房外叫人。

喊了好幾聲，才聽見楊氏有氣無力地道：「你們吃吧，我不想吃。」

杜清檀便猜怕是病了，索性開了門進去，果見楊氏燒得面色潮紅，呼出的氣息都是燙的，又兼頭痛鼻塞，咽喉腫痛。

看來是接連多事，走投無路，心中鬱結，撐不住了。

團團嚇得只管拉著楊氏的手叫「阿娘」，杜清檀先讓采藍給楊氏擦洗降溫，再診脈看舌，確定是風熱感冒，便開了藥方讓于婆去買，她自己在家守護楊氏。

很快于婆就買回藥材，煎好之後要給楊氏服下。

「且慢，先用藥湯薰蒸口鼻一炷香，再服。」

楊氏頭昏腦脹的，也沒想著這藥是姪女開的怕是不能服，由著她們一通安排。

不想喝了藥之後沒多久就開始出汗退熱，昏昏沉沉熟睡過去了。

于婆等人驚喜不已，采藍更是燃起了幾分希望，總覺得杜清檀這一趟梁王府之行，怕是真能得到些好處。

杜清檀背著眾人鬆了口氣，記性好，能背藥方真是一件了不起的事。

不過也就僅限於這些小病症了，再大再複雜的，她真弄不來。

上次買回來的男裝已經熨燙整齊，她穿戴妥當，又將于婆和采藍細細叮囑了一番，走到窗前坐等獨孤不求。

午時剛過，獨孤不求就敲響了門，目光在她身上那件米色男袍上面掃過，淡淡頷首，「穿這個方便。」

「是。」杜清檀見他還雇了馬車，少不得道一聲謝。

忽見隔壁王家的大門打開，王娘子探出頭來，警惕地盯著獨孤不求，問道：「五娘要去哪裡？妳家大伯母呢？怎不帶上采藍或是于婆？」

杜清檀也沒嫌她多管閒事，「我有事需得出門一趟，我伯母病了，團團還小，若您方便，有空就過來瞅一眼，我很快就能回來。」

杜家的事，王娘子多少也是有所耳聞的，想著杜清檀單獨跟個陌生男人出門，不免擔心，「妳去做什麼事？我讓我們當家的陪妳一起去？」

「不用了，謝謝。」杜清檀把眼睛笑成彎月亮。

此去梁王府是冒險，她之所以沒帶采藍和于婆，就是不想牽連太多人。

王家與此事無關，何必把他們也牽扯進來，不過這份心意是真難得。

「可是這位公子……」王娘子不肯就此放過獨孤不求。

「這是我們家的恩公，他是好人，會照看我的。」杜清檀爬上馬車，示意車夫起步。

獨孤不求坐在一旁默了片刻，突地笑了，「看來妳昨天給的那個白果雞蛋起作用了，不然妳這鄰居不會這樣熱心。」

杜清檀也笑，事情太急，她都沒來得及問，不過看來結果應該是好的。

獨孤不求懶洋洋地伸長雙腿，癱躺在馬車上，打著呵欠，「莫要怪罪啊，我一夜沒睡，得瞇會兒。」

他雇的車，又是陪她去辦大事，杜清檀哪裡能有意見，她甚至很體貼地挪到角落裡，儘量給他騰位置。

獨孤不求很快就睡著了，濃黑的眉毛配著紅豔豔的唇，加上一夜未睡，襯得那張臉白得像鬼。

杜清檀瞧見他換了一身衣衫，是嶄新的灰色素錦所製，靴子也換了新的，腰間繫的蹀躞帶也是新的。

她突然想起他那頭老禿驢，似乎後面再沒見過，也不知道是不是被賣了？

獨孤不求睡得很沉，就連馬車碾上石子，各種顛簸，也沒能影響他的好睡眠。

杜清檀隔著車窗看外頭，長安的街道寬闊通直，天空又高又藍，明淨如湖，道旁的槐樹高大茂密，道上行人行色匆匆，偶然可見金髮綠目的胡人拽著駱駝走過街頭，很是繁華熱鬧。

只是她不知道，在這片天空之下，這座城池裡頭，是否能有她的容身之所，是否能夠如她所願，活得像個真正的人？

馬車停下，車夫討好地道：「公子，梁王府到啦！」

獨孤不求就和裝了彈簧似的，猛地坐直起來，將手掩著口打了個呵欠，眼尾微紅，美貌又慵懶。

「現在後悔還來得及。」他半俯了身子，看著杜清檀，「怕不怕？」

杜清檀毫不閃躲，正大光明地看著眼前俊美得過了頭的臉，緩緩搖頭，「不怕，落子無悔。」

「那行！」獨孤不求跳下馬車，回身伸手，準備扶杜清檀下車。

卻見杜清檀已經輕巧地跳下車，仰著頭，專注地看著梁王府的大門，神情堅毅，眼裡並沒有他。

「正之！」武鵬舉大步走來，目光掃過杜清檀，調侃地朝獨孤不求擠眉弄眼。

獨孤不求視若無睹，一本正經地介紹，「這是京兆杜氏的杜五娘，她有方子要獻給梁王。這位是我朋友武鵬舉，稍後由他領著妳入內，妳有什麼可以跟他說。我不方便入內，會在外頭等妳。」

杜清檀就給武鵬舉行禮，「見過武公子。」

武鵬舉虛虛還了她一禮，「時辰差不多了，我們進去吧。妳跟著我，不要亂看亂走。」

杜清檀便低了頭跟著武鵬舉往裡走，即將跨入門檻之際，她回頭看了一眼獨孤不求。

獨孤不求立在那裡注視著她，見她看來就朝著她微微一笑，做了個讓她安心的手勢。

杜清檀就看著他，彎起眼睛真誠一笑。

梁王是女皇愛姪，權柄極大，王府修得金碧輝煌，氣派非凡，穿著統一服飾的男僕、婢女往來其中，規矩肅然，不聞雜音。

武鵬舉也顯得極為肅穆，一舉一動十分小心。

穿過長長的遊廊，走到一處四周無人之地，武鵬舉突然停下來，回身看著杜清檀道：「妳和獨孤是什麼關係？」

杜清檀不知道獨孤不求是怎麼和他說的，但總歸謹言慎行不會有錯，便道：「獨孤公子是我的恩人。」

「嘖，恩人這個說法可多了！」武鵬舉肆無忌憚地打量她一通，搖搖頭，「那傢伙無利不起早，怕是從妳這裡得到什麼好處了吧？」

杜清檀不吱聲，沉默是金。

武鵬舉繼續領著她往前走，「你們認識多久了？」

這回杜清檀撒了個謊，「祖上就是認識的。」

各大門閥世家不都時興彼此通婚聯姻嗎？她這麼說也沒錯，仔細盤一盤，理一理，說不定還真是什麼拐彎抹角親。

武鵬舉就不再說話了。

與頭等高門的五姓七望，以及次一等的弘農楊氏、京兆杜氏、蘭陵蕭氏、琅琊王氏、長孫氏、宇文氏、獨孤氏等比起來，武家啥也不是。

若非出了個女皇，他們根本算不得什麼名門。

杜清檀不知道武鵬舉為什麼不說話了，不過於她而言是好事，省得絞盡腦汁地去想會不會說錯話。

「到了。」武鵬舉領著她在一座雅堂前停下，含笑和門前的宦官說道：「伯父好些了嗎？」

那宦官瞟了杜清檀一眼，捏著嗓子道：「不好，正疼得厲害呢，才剛打了個粗手笨腳的婢子。」

武鵬舉也跟著瞟了杜清檀一眼，小聲道：「我這裡領了個人過來獻方子，聽說是有特效。」

宦官挑眉，「聽說是？十一郎，你在開玩笑嗎？殿下用的醫藥，不試過怎麼能獻上來？」

「我倒是想試，但一時半會兒也找不著一個得了同樣病的人啊！」說著，就塞了個東西到宦官手裡。

宦官這才笑了，「等著，待咱家進去瞅瞅。」

第七章　以項上人頭作保

一盞茶的時間，杜清檀卻覺得像是過了幾個時辰那麼久。

好不容易宦官才出來，聲音壓得低低的，「疼得厲害，看什麼都不順眼，十一郎小心些。」

武鵬舉點點頭，問杜清檀，「聽見了吧？」

「是。」杜清檀深吸一口氣，跟著武鵬舉往裡走。

這件事於她是很關鍵、很重要的事，她沒辦法做到安之若素，是以藏在袖中的手浸出了冷汗。

轉過黑漆嵌螺鈿花鳥六扇屏風，就看到了一個側臥在榻上的肥胖男人。

杜清檀看其打扮，便猜是梁王本人。

梁王靠在玉枕上閉目假寐，身旁立著四個貌美婢女，個個都是低頭垂目，呆若泥塑。

武鵬舉正要開口，就聽梁王咳嗽一聲，似要吐痰。

離榻最近的婢女飛快地捧起痰盂湊過去，不知怎地，梁王轉手便一掌掄在她臉上，整個人被打得飛了出去。

婢女不敢哭喊，爬起來就趕緊跪伏在地上，無聲地拼命磕頭。

咚、咚、咚……杜清檀聽著這一聲又一聲的磕頭聲，徹骨的寒意從腳底升起，一直鑽進骨頭縫裡去，凍得她又僵又冷。

梁王不耐煩地做了個手勢，就連眼睛都沒睜開。

婢女這時候才發出一聲微弱的抽泣，然而也很快就被人捂住了嘴。

武鵬舉卻是視若無睹，微笑著上前行了個禮，「伯父，姪兒看您來了，您老人家可好些了？」

梁王這才睜開眼睛掃了他一眼，沒好氣地道：「你說呢？」

「知道伯父病了，姪兒日日掛心，到處托人搜尋偏方驗方，就想為伯父分憂。皇天不負苦心人，終於讓姪兒打聽到了！」

梁王眼裡閃過一道光，不耐煩地道：「快拿來！」

武鵬舉示意杜清檀上前，「方子是她的，她非得見著您老人家才肯說。」

陰冷暴躁的目光落到杜清檀臉上，仿若刮骨的鋼刀，讓人心寒恐懼。

杜清檀深吸一口氣，端正行禮，「民女京兆杜氏杜五娘，家有祖傳祕方，專治蛇盤瘡，藥物覆上，很快就能緩解痛癢，效果奇佳。」

梁王看了武鵬舉一眼。

武鵬舉便道：「妳要什麼？」

「家父在世之時，曾為民女與蘭陵蕭氏定親……」杜清檀簡單地說明情況，深深拜倒，「蕭家欺人太甚，行事狠毒，不留餘地，懇請王爺為民女做主，救我一家於水火之中。」

梁王冷笑了一聲。

杜清檀不知道他是什麼意思，只覺心驚肉跳。

卻聽宦官道：「妳好大的膽子！既有祕方，就該主動獻來，竟敢與貴人討價還價，是嫌命長嗎？」

杜清檀可沒打算引頸受戮，細聲細氣地道：「無論如何，這方子肯定都要獻的，只是希望殿下能看在民女微末之功的份兒上，能夠稍許慈憫。」

梁王又翻了一下眼睛。

宦官又道：「笑話！妳的方子是否有用還不一定，就敢談功勞了！我問妳，倘若方子沒用，妳又如何贖罪呢？」

「民女願以項上人頭作保。」

杜清檀被一逼再逼，逼到絕路，反而不怕了。

半晌，只聽梁王哼了一聲。

武鵬舉忙道：「杜五娘，還不趕緊謝過殿下，殿下答應妳了！」

杜清檀由衷鬆了口氣，行禮謝過，要了筆墨將方子寫了出來。

「上等糖霜、冰片、金匙、琉璃碗、白玉杵，還要美貌少女兩名？此外還需密室一間，不許人打擾？」

武鵬舉沒想到這所謂的「祕方」竟然還需要美貌少女，驚得一雙原本就凸的眼睛鼓得蛙眼似的，「妳要美貌少女做什麼？」

自然是裝腔作勢咯！杜清檀穩如老狗，「自有妙用，您放心，不會傷害到她們。」

武鵬舉沒招了，傻乎乎地看著梁王，一時不知怎麼辦才好。

「快去辦啊！」梁王被病痛折磨得快要瘋了，但凡有一線希望，都要一試。

沒多久，一切準備齊全。

杜清檀吩咐兩個美貌婢女，「還請二位立在門邊，替我擋住風煞。」

那二人依言站定，她才從袖中掏出一個小瓷瓶，把裡頭的東西倒入琉璃碗內。

是才從土裡挖出來的新鮮蚯蚓，被她剖開洗淨泥土，存在裡頭備用。

金匙舀一勺糖霜，均勻地灑在蚯蚓上，又加冰片，攪勻之後，便靜置不動，只等其醃出汁液，濾淨取用。

蚯蚓入藥稱為地龍，有清涼之效。

上等糖霜就是白砂糖，能夠幫助傷口癒合。

這方子雖然極為簡單，卻很有效，是歷經百年傳驗下來的方子。

之所以搞什麼美貌少女，金匙、琉璃碗、白玉杵，都是噱頭。

因為此時皇室豪門高官都篤信煉丹養生長壽，更信金銀貴重之器能夠延年益壽。

如果虛張聲勢能夠幫助成功，杜清檀是不會客氣的。

蚯蚓剛剛醃上，武鵬舉就來催了，「快些，等不及了！」

杜清檀無奈地道：「煉製奇藥必須半個時辰才行，正如好酒需要精煮，時辰不夠，藥效不夠，急不來。」

武鵬舉無可奈何，就在一旁嚇唬她，「妳這個方子最好真有用，不然妳就慘了！」

杜清檀笑笑而已。

武鵬舉又道：「不過看在妳是獨孤介紹來的，又長得這麼好看的份兒上，我或許可以幫妳說說情。」

「多謝。」杜清檀微微欠身而已，然後又成了鋸嘴葫蘆。

武鵬舉原本是看她纖弱可愛，我見猶憐，便想逗玩一下，不想她性子這麼悶而無趣，便失了興致，把臉扭到一旁看空氣。

噹！一聲脆響，是計時的小宦官敲響了銅鑼，倒嚇了杜清檀一跳。

她立刻把室內所有的人趕走，再叫那兩個美婢把守著門窗，親自過濾好蚯蚓白糖汁，用金盞盛上，遞給早就等不及的武鵬舉。

武鵬舉這一去，就再沒回來。

沒人搭理杜清檀，她只能老老實實地在原地等著，心裡給自己設想了無數種可怕的死法。等她想到第十八種的時候，武鵬舉興高采烈地回來了，「嘿！妳這方子還真有效，我家伯父沒那麼疼了，這是賞妳的！」

一塊如意青玉佩。

杜清檀默默地在心裡翻了個白眼，為啥不給錢呢？

夕陽西下，半空如血。

蒼茫的暮鼓聲中，杜清檀拖著疲憊的步子走出了梁王府。

獨孤不求坐在街邊的槐樹下，雙手撐在膝蓋上托著下頜，定定地看著她這個方向。然而看見了她，也沒什麼特別的表示，不鹹不淡地道：「還活著呢！」

杜清檀不以為意，淡淡地道：「嗯，還活著。」

「那就回吧！」獨孤不求招手叫來馬車，催促，「快些，暮鼓已經敲響了。」

杜清檀坐上馬車，整個人便軟了。

一只皮囊遞到她面前，獨孤不求漂亮的下頜朝她揚了揚，「來，喝口酒提提神。」

杜清檀沒理他，他也不覺得尷尬，將酒收好，朝著趕出來的武鵬舉打招呼，「怎麼樣了？」

「挺好的。」武鵬舉上來就勾住獨孤不求的肩上，瞅著閉目養神的杜清檀小聲說話。

杜清檀豎著耳朵聽，沒聽清楚，只聽到武鵬舉在最後約獨孤不求去平康坊喝花酒，他請客。

平康坊，妓館雲集，也是當初救她一命的金大夫的醫館所在之地。

難怪獨孤不求對平康坊那麼熟悉，男人嘛，都是一樣的貨色，杜清檀表示理解。

獨孤不求很快上了車，「妳的方子，梁王用了確實很不錯，蕭家那邊他會派人去說。今日已晚，明日一早就辦。」

杜清檀朝他扯扯唇角，「謝了。」

「不必謝我，梁王若是好了，於我本人也是有益的。」獨孤不求仍然是那副無利不起早的樣子，「我這人向來眼光精準，武鵬舉又欠我一個人情。」

杜清檀沒聽他後面說什麼，因為她很快睡著了。

這一覺又香又甜，一絲夢都沒做，以至於到家被叫醒時，她竟然茫茫然不知該往何處去。還是獨孤不求拉了她一把，她才找到家門。

幾乎是同時，大門被拉開，采藍和于婆跑出來，一左一右把她扶住，眼淚跟著掉了下來。

「我沒事，一切順利。」杜清檀也很欣慰，「大伯母好些了嗎？」

「好多了，退了熱，頭也沒那麼疼了，就是一直在問您。」采藍扶著她往裡走，「婢子說您在睡覺，先前還信，後來就不信了。您再不回來就瞞不住啦。」

「事情已經解決，倒也不必瞞著。」

杜清檀突然想起來，獨孤不求在梁王府外等了她許久，多半也沒吃晚飯，便回頭去叫人，

「獨孤……」

門外空空蕩蕩，馬車和獨孤不求都不見了。

倒是王草丫趴在牆頭喊道：「娘，五娘回來了，好好的！」

杜清檀換了家常衣物才去看楊氏。

楊氏確實好了許多，見她進去就道：「妳去了哪裡？」

杜清檀如實回答。

楊氏聽得呆了，緊緊攥著她的手，不敢相信地道：「怎麼會？怎麼會？妳好大的膽子！」

杜清檀低著頭笑，事已至此，說什麼都不可能再改變。

一場危機就此解除，楊氏歡欣鼓舞的同時，卻又覺得來得太過輕易，從而不敢相信，於是反復確認，「明天一早就會去和蕭家說這事嗎？不會忘記吧？會不會有人又去挑唆什麼的啊？」

「倒也不至於，那個武鵬舉是獨孤公子的好友，有他盯著，這事不會有問題。」

「又是獨孤公子，我就知道他是妳的貴人。妳去把他請來，我要給行大禮致謝，還要請他吃飯。」

「天色已晚，他已走了，改日，等您好起來，咱們像模像樣地請貴客。」

「好，聽妳的。」話落，肚子突然傳來咕嚕聲，楊氏不好意思地道：「突然就知道餓了。」

一家子正圍坐著吃飯，門被敲響了。

王娘子拎著一小罈油進來，「多虧五娘，我家三郎好了。家裡也沒什麼好東西，就這罈子油是才得的。是孩子爹在他們油鋪裡頭接的頭道油，料是最好的，味也是最香的，給你們嚐鮮。」

楊氏一頭霧水，「怎麼回事？」

「您不知道啊？怕是五娘沒來得及和您說……」

聽完王娘子的描述，楊氏的表情完全僵了，只是顧及客人還在，勉強撐著。

等到王娘子走了，楊氏抬眼看向杜清檀。

杜清檀無辜地回看著她，細聲細氣地道：「大伯母有什麼吩咐嗎？如果沒有，姪女就去歇息了，忙了一整天，累得慌。我怕還會暈倒，明日還得追著問蕭家的事。」

話說到這份兒上，楊氏還能怎麼辦，只能敷衍了事，放她去歇。

等到杜清檀躺下，就把采藍叫來問話。

采藍哪裡敢說真話，不過能瞞就瞞罷了。

楊氏唉聲嘆氣，「沒想到這孩子平日溫順安靜，卻是個暗裡做事的人。非得行醫，將來可怎麼辦？」

采藍小心翼翼地道：「大娘子，婢子說句不該的話。五娘既然真懂這個，那倒不如讓她去做。以醫立身，養家糊口，總好過向人借貸，受人白眼。」

楊氏沉默不語，起身自去躺著了。

于婆責怪采藍，「大娘子就是被娘家人氣病的，妳還往她傷口上撒鹽！」

采藍噘著嘴，小聲嘟囔，「我不過實話實說罷了，沒本事也就罷了，活該任人欺負，吃受氣食。既然有這本事，為啥還要求人？用錢的地方多著呢！」

「就妳知道！」于婆使勁戳她的額頭，「還不快去收拾五娘的衣物？不是說明天還要出門嗎？」

采藍這才去忙了。

次日一大早，杜清檀就往她給馬四、李二等人租賃的客店去。

采藍拎著一大籃子香噴噴的雞蛋白麵油餅跟著，是要給獨孤不求等人送早飯的意思。

馬四和李二已經起了，正準備往杜家去，看到她就道：「小娘子昨日去了哪裡？朱大哥好容易弄到了賓客名單，叫我二人給您送去，您卻不在。就是今天了，那個楊相公也會去的，他家沒病人。」

「多謝多謝。」杜清檀笑著請他二人吃早飯，又問獨孤不求人在哪裡。

「獨孤公子年輕貪睡，這會兒還沒起呢！」

獨孤不求打著呵欠走出房門，朝著夥計大喊，「來個胡餅！」

李二大聲招呼他，「獨孤公子，這裡！」

獨孤不求睡眼惺忪地看過去，只見杜清檀坐在那裡，面前放著一只竹籃子，用白布蓋著，不知道裡頭裝了些什麼？

他就笑嘻嘻地走過去，「不會是妳家的雞自盡了吧？」

采藍噘著嘴道：「我家的雞還小呢！」

「啊，原來是雞的兒子啊，比雞還要小。」獨孤不求不問自取，抓起一個油餅高興地吃起來。

杜清檀並不吭聲，就安靜地看著他吃吃喝喝。

獨孤不求這麼精瘦的一個人，胃口卻不小，竟然獨自吃了半籃子油餅，看得采藍心疼得打哆嗦，這也太能吃了啊！

吃飽喝足，獨孤不求擦乾淨嘴，懶洋洋地道：「還有什麼事嗎？」

杜清檀很直接地說了，「我家大伯母擔心梁王府貴人多忘事，想要盯著把事辦了，卻不知道該請托誰？我想著一事不煩二主，便來尋你。」

「放心，吃了妳的油餅，我這就去尋武鵬舉。」

杜清檀又要給他塞錢，「這是雇車的錢，我家大伯母說，等她稍好些，會好好備了席面，邀了陪客，正式請您上門做客。到時請您參觀我家的書房，您看上什麼書就送什麼。」

獨孤不求這次沒接她的錢，只問道：「等到梁王府打過招呼，妳與蕭家的事是不是就這樣算了？」

杜清檀笑了笑，「我這個人向來恩怨分明。」

怎麼可能就這樣算了？蕭家先是往她身上潑髒水，再對團團下狠手，之後摔傷老于頭，搶走貨品，再打傷楊家舅父，恐嚇威脅，圍追堵截，無所不用其極。

這樣的惡人，若是輕輕放過就算了，天理何在？

「那妳打算怎麼做呢？」獨孤不求眼睛亮亮的，頗期待的樣子。

「我打算今天登門退親，就在蕭家宴客之時。不知屆時獨孤公子是否有空，可否湊個熱鬧？」

獨孤不求樂了，「只有咱們幾個多沒意思，不如我再替妳邀上武鵬舉，領幾個朋友一起吧！」

先不忙把梁王的意思傳送到，等到蕭家各種嘴臉畢露之後，再拿梁王狠狠地壓他家，想必到時候蕭家人的臉色肯定很好看。

杜清檀和獨孤不求目光一碰，就都明白了彼此的意思。

杜清檀斂衽為禮，「有勞公子。」

獨孤不求抱拳還禮，「小娘子辛苦。」

「你們在做什麼？」采藍一頭霧水。

「沒什麼，事不宜遲，我先去了。」

獨孤不求臨要走了，又抓了塊油餅往嘴裡一咬。

采藍肉疼極了，強忍著沒說。

杜清檀便和李二道：「還要請您跑一趟，幫我送個信給朱家叔父，煩勞他今天下午護送我去辦件事。」

另一頭，蕭家一大清早就已經開始繁忙。

今日是家主大宴賓客的日子，宴是早幾日就開始籌備的。請的都是朝中有權有勢的達官貴人，還有名門望族、風流文士。

這樣的宴會，自是馬虎不得，但凡能夠弄來的山珍海味、水陸珍饈都弄來了。

大廚是從外頭請的，偷偷地宰了羊，殺了魚，勢必要讓貴客滿意。

裴氏滿面紅光，立在正堂中間高聲指揮下人擺設坐榻、几案等物，又要查驗歌舞是否到位。

崔氏在一旁幫忙，妯娌二人時不時說笑幾句，都是志得意滿。

今天宴請的客人中也有崔氏的娘家人，先讓蕭七郎露個臉，出個風頭，叫人記住了他，後續就好辦了。

反正過了今天，杜清檀一家便無路可走了。

坐席已妥，歌舞齊備，第一波客人就來了。

管事急急忙忙跑來通知，「夫人，七郎領了一群公子進來，領頭的是安平郡王之子，武十一郎武鵬舉。」

裴氏嚇了一跳，「安平郡王之子？我們沒請他啊！」

武李之爭久不平息，是以一般宴會都不怎麼敢請這兩姓的子弟出席，就怕會被捲入到朝政當中。

為什麼好端端的，會突然冒出來一個安平郡王之子？

管家苦笑，「小的也不知道啊，但見七郎與他們挺熟的。」

客人上門，總不能趕出去，何況還是惹不起的武氏子弟。

裴氏揮揮手，「好生伺候著就是了。」

說話間，又來了一個管事，「夫人，武十一郎要來拜見您。」

武氏子弟主動要來拜見女主人，說起來也是長臉的事。

裴氏興奮地道：「快請。」

不一會兒，一群錦衣華服的翩翩貴公子搖著扇子而來，居中一個瞪著蛙眼的特別驕傲，神氣活現。

管事指給裴氏看，「那就是武鵬舉，安平郡王雖然不顯，他卻是常往梁王府走動的，不好得罪。」

「知道了。」裴氏目光轉動，看到人群最後，一個身量極高，穿群青色錦袍的年輕男子格外霸道地撞入她的眼眸，當真烏髮雪膚，唇紅齒白，盛世美顏。

裴氏不由的看呆了眼，小聲問道：「那位又是誰？」

管事搖頭，「小的也不清楚，總之是跟著武公子來的，定然也是誰家貴公子。」

「母親。」蕭七郎走上前來，湊在裴氏耳邊輕聲道：「其中有兩位是從前認識的，趕巧今早與兒子遇上了，非得進來做客，兒子不好拒絕。」

裴氏看著自己眉清目秀，前途無量的兒子，越看越歡喜，「我兒交友廣是好事，記得把客人招待好。」

武鵬舉等人簡單拜見過裴氏，就簇擁著蕭七郎往其他地方去了，大意是要欣賞一下他家的宅院。

蕭七郎有意與他們交好，少不得獻上各種殷勤，卻見武鵬舉老是盯著他看，看一回又掩著口貼在別人耳邊小聲說話，倒像是在講他壞話似的。

如此一而再，再而三，蕭七郎鬱悶得要死。

武鵬舉等人的失禮行為自是落到蕭家其他子弟眼中。

蕭七郎日常溫文儒雅，讀書又好，在族兄弟中算是領軍人物，很有幾個擁躉。見他被人這樣指指點點，還憋屈得不能言說，他的族弟蕭九郎看不下去了。

在武鵬舉再次和人竊竊私語之時，蕭九郎跳了出來，「明人不說暗話，武公子對我家七哥有什麼看法只管說出來！」

武鵬舉瞪著蛙眼，攤手哂笑，「是不是有什麼誤會？我與七郎素不相識，怎會有看法呢？」

一眾少年跟著附和，「就是，想得太多了！」

蕭九郎覺得很丟臉，加上還很看不起這群人，除了武鵬舉是皇族外，其餘人等的父輩幾乎都是寒門出身，借著科舉的東風爬上來的。

要在前朝，這些寒門出身的賤民怎麼可能與高門子弟平起平坐？

如今就算是父輩做了官，也難改上不了檯面的窮酸小氣樣。

「沒家教。」蕭九郎很小聲地說了這麼一句。

他沒敢直接衝著武鵬舉來，而是衝著一個最矮最瘦，看起來很好欺負的少年出聲。

因著鬧嚷嚷的，武鵬舉也沒聽見這話，那少年卻是聽清楚了，當即罵道：「你罵誰沒家教？」

蕭九郎翻著白眼道：「誰答腔我就罵誰！」

「啪」的一聲，他的臉上挨了一掌。

這一掌用力極大，搧得他火辣辣地疼，耳朵嗡嗡嗡地響。

蕭九郎萬萬沒想到，這麼一個看起來最好欺負的，竟然如此暴躁，都不說一聲就動手了。

這還是在自家地盤上呢，哪能吃了這樣的虧？

蕭九郎吼了一聲，朝少年撲上去，兩個人扭打起來，特別的難看。

眾人都震驚了，武鵬舉也驚愕問道：「他們為什麼會打架？」

旁邊的人很大聲地道：「高門子弟看不起寒門子弟唄，蕭九郎罵小范沒家教。」

「過分了，過分了，要就罵本人，幹嘛罵父母？」武鵬舉嚷嚷著，一腳踹在蕭九郎的小腿骨上。

他那群跟班見他出了手，紛紛嬉笑著上前你摸一下頭髮，我扯一下袖子，再掏一拳的。瞬間蕭九郎就落了下風。

這還得了，分明是來搗亂的！

蕭七郎眼裡閃過一絲厲色，大步上前，手肘一曲，用力撞在武鵬舉的腰上。

「哎喲！」武鵬舉就是個繡花枕頭，痛得臉都扭曲了。

蕭七郎並不肯就此罷手，反而順勢上前勒住他的脖子，狀似親密，實則威脅，「武公子，今日是我家宴客的好日子，許多貴人都要來的，這樣鬧起來太過難看。不如您幫幫忙，叫他們住手？」

武鵬舉肯定不幹啊，他堂堂皇族子弟，怎能被這麼一個小白臉脅迫了，當即反手去打蕭七郎。

不想他不是蕭七郎的對手，只三兩下就被反扭住胳膊。

蕭七郎正想將武鵬舉狠狠摔翻在地，殺一殺這群惡客的威風，一隻微涼的手從斜刺裡伸過來，穩穩地抓住了他的脈門。

蕭七郎抬頭，正好對上一雙深邃漂亮，睫毛捲長的眼睛。

「惡意挑釁、虐打客人，不是高門世家的待客之道啊！」

面前的年輕男人身量極高，長著一張令人過目難忘的臉。

說話的時候，紅豔豔的嘴唇動得很有韻律，非常好看。

蕭七郎一向自詡面容俊美，卓爾不群，此刻見了這人，瞬間生出了些許自卑。年輕男人都是自傲的，不肯服輸的。

蕭七郎微抿著唇，反手去抓對方的手，想用武藝壓制住對方，以證明對方不過是個繡花枕頭罷了。

「嘿！」對方很是輕快地笑了一聲，手腕一收一放，蕭七郎都沒看清楚是怎麼回事，手臂已被反擰到了身後，鑽心的疼。

「你做什麼？」其他蕭家子弟見狀，趕緊上來干涉。

「逗他玩兒！」紅嘴唇雲淡風輕地笑著，長臂伸展，搭在了蕭七郎的肩上。

蕭七郎發現自己比他矮了小半個頭，被這樣壓迫性地摁著，就——很憋屈。使勁甩開男人，蕭七郎冷漠地抬著下頷，用蔑視的眼神看著他，「敢問足下尊姓大名？」

樣貌、身高、武力不行，那就比一比家世門閥好了。

「洛陽獨孤氏，族中行七，有點巧，咱倆都是七郎。」

獨孤不求笑得燦爛，頗為親切的模樣，落在蕭七郎眼裡卻是滿滿的挑釁以及惡意。論門閥排行，獨孤氏並不比蕭氏差，還能比什麼呢？

「原來是獨孤公子。」蕭七郎平生第一次這麼不願輸給一個人，裝著雲淡風輕的樣子問道：「不知可有功名了？」

來比讀書吧！

「還沒有呢，七郎已經有了？」獨孤不求抱著手臂，笑咪咪地看著蕭七郎，逗孩子似的。

被周圍無數雙眼睛盯著，蕭七郎只覺得自己的臉火辣辣的疼。

他當然還沒有功名，他現只是在國子學讀書，準備將來考取進士科。

但他每次考試都名列前茅，平時也有詩名、才名，大家都說他是狀元之才。

這些東西說出來，都是很長臉的事，蕭七郎也早就習慣了大家對他的稱讚和羨慕。

然而這會兒，他就是說不出來，彷彿只要說了，就落了下乘。

第八章　出乎意料的效果

「七郎怎麼不說話？」獨孤不求繼續笑咪咪。

蕭八郎看出蕭七郎的窘迫，立刻跳出來替他分辨，「我七哥在國子學讀書，次次考試都名列前茅，博士們都誇他有狀元之才！」

「太難得了，蕭狀元。今日能夠結識，真是三生有幸。我就不同了，都沒怎麼念過書，也沒什麼功名。」

以武鵬舉為首的一群人臉色古怪地哈哈大笑起來，都跟著喊蕭七郎，「蕭狀元。」

蕭七郎氣得一張俊臉通紅，卻又沒辦法制止或者發作，只得硬生生將這口氣嚥下去，再把獨孤不求那張過分漂亮的臉牢牢記住。

他很肯定自己沒得罪過這個人，在這之前都沒見過，為什麼要這樣針對他？

「好了，好了，都別鬧了，再不然就成了惡客，被主人趕出門去，又要引得長輩們紛爭生氣，多不好啊！」

獨孤不求做起了和事佬，說的話卻像是在威脅蕭家千萬別想著趕走他們。

在這之前，蕭家還真想著要把武鵬舉這群人趕走。

聽到獨孤不求這一通飽含惡意的話後，就不能夠了。

蕭七郎的叔父為此特意趕過來致歉，誰讓為首的人是武氏皇族子弟呢！

而且其餘人等爹手裡有實權，又抱了團。

隨便啥雞毛蒜皮的事，都能往高門、寒門之爭上頭套，傳到女皇耳中也不好聽。

今日待客是為家族上升，永保興盛，並不是想要與人交惡結仇。

於是武鵬舉等人被安置在一處精緻的小院子裡吃喝玩樂，下人伺候得格外殷勤周到。

「七郎真是嬌氣啊，看把他委屈得！像他這樣的，理應躲在他娘懷裡吃奶才對！」武鵬舉當著蕭家人的面就敢說蕭七郎的壞話，「還狀元呢！呵呵，真好意思說！」

獨孤不求看熱鬧不嫌事大，火上澆油，「我看他不像是華而不實的人，或許真是有才。快別說他了，將來若是真拿到狀元，咱們豈不是被啪啪打臉？萬一他小氣，報復咱們怎麼辦？」

「狀元？報復咱們？」武鵬舉將酒杯往地上用力一摔，瞇了眼睛沉聲道：「此種無德之人還妄想什麼狀元！」

獨孤不求但笑不語。

申時過後，六部下衙，客人漸漸多了起來。

身分地位最為高貴的當屬女皇之姪吳王，其次，在任宰相來了兩位。

一位姓崔名譽，出身清河崔氏。

一位姓楊名承，出身弘農楊氏，正是楊氏那位遠房族叔。

再往下，各大名門世家皆有人在。

蕭七郎跟著他爹蕭讓在外頭迎客，收穫無數讚譽，可惜之前被武鵬舉等人鬧了一場，弄得他的心情不是很好。

蕭讓提醒他，「難道還有什麼事，能比你在貴人面前露臉更重要嗎？」

「兒子知錯。」蕭七郎重新振作精神，面帶微笑，溫文儒雅。

蕭讓滿意點頭，又提點了他幾句，因著吳王來了，便入內陪客，只留蕭七郎在此迎客。

「七哥，崔相公與楊相公來了！」蕭八郎高興地道：「你快去迎接，我入內稟報大伯父！」

蕭七郎連忙整理衣衫迎了上去，那二人也知道蕭家今日大宴賓客是為了什麼，對蕭七郎這個後輩很是親切，還特意當眾考校他的詩才。

正是和樂融融之際，忽聽一人高聲道：「聽聞蕭家今日大宴賓客，京兆杜氏特來奉上賀禮！」

眾人訝然，齊齊抬眼看了過去。

大宴賓客，總會找個由頭，譬如說，誰誰生辰，添丁進口，又或是賞個花，鑒個畫，搞個詩會什麼的。

蕭家這次宴客的藉口便是品賞牡丹，但凡收到請柬的都知道。

這京兆杜氏如此作態，顯然並未收到邀請，是不請自來。

一般不請自來的，都會帶著故事來，所以眾人都很興奮，期待得很。

高聲嚷嚷的人身穿醬色圓領缺胯袍，身高體壯，黑胖如牛，長相又醜又凶。在他身後，跟了十多個穿著青衣短衫的漢子，都露著胳膊，胳膊上有紋繡，是江湖市井的扮相。

這些人簇擁著一輛牛車，牛車上坐著一個年輕女子，雪青短襦、墨藍長裙，皮膚雪白，長眉鳳目，柔弱無依。

她怯怯地坐在那裡，抬眼朝著眾人看過來。

但凡目光掃過之處，眾人都不由自主地放緩了呼吸，只恐驚嚇到美人。

蕭七郎也看到了這個美人，同時還聽到了那一句「京兆杜氏」。

蕭八郎碰碰他的手，低聲道：「七哥，京兆杜氏，是不是之前和你定親那個杜五娘？」

蕭七郎沒說話，看著四周如狼似虎般盯著牛車的男人們，心中生出一股不悅之情，就彷彿屬於他的財產被人覬覦了。

「是不是她？」蕭八郎喋喋不休，「不是說她病得起不了床嗎？家也敗了，怎麼今日竟然來了？還弄了這麼個不倫不類的陣仗……七哥，你要做什麼？」

蕭七郎大步走到牛車之前，直視著車上的弱女子，沉聲問道：「妳是誰？」

弱女子怯生生地注視著他，眼尾微紅，眸中星光點點。

纖長的脖頸肌膚蒼白，淡青色的血管隱約可見，肩頭纖薄，腰如束素。柔弱晶瑩如清晨的露珠，還是潔白的梔子花瓣尖上的那一顆，幽雅脆弱，含著芬芳。彷彿有一隻手緊緊攥住蕭七郎的心臟，叫他瞬間失了聲。

他怔怔地注視著面前的女子，忘了天地玄黃，宇宙洪荒。

杜清檀才剛打了個呵欠，眼裡還含著生理性的淚水。

被蕭七郎這麼一問，並不是很高興。

然而她今天來，並不是要表現自己的凶悍，而是以退為進。

所以她默默地垂下頭，下了牛車，對著蕭七郎盈盈一禮，「小女子是京兆杜氏五娘，家父在世時，曾為我與七郎定下婚約。聽聞府上宴客，以為是七郎有喜，特來恭賀。」

杜五娘……真是他的未婚妻啊！蕭七郎莫名有些歡喜。

這個未婚妻，他是沒有放在心上的。

只因杜家敗落，而這女子又多年臥病。

平日常聽父母抱怨，他雖未想著悔婚，卻也是不情不願的回避態度。

所以家裡沒有安排他去拜訪問候，他也就假裝沒有這回事。

想的是，反正她常年病重，倘若早早死了，也是好事一樁。

但是這人今天竟然登了門，而且還是這般樣貌！

「妳……妳來幹什麼？」

蕭七郎好不容易才找回自己的心神，說出來的話難免顯得有些冷漠。

「七郎真好笑，我家五娘都說了是來恭賀的，你還問她來做什麼，是不認這門親嗎？」旁邊響起一道憤憤不平的女聲，音量極大，引得眾人側目。

蕭七郎這才注意到，杜五娘身邊還站著個壯實的婢女，嘴唇極厚，正對著他不屑地翻白眼。

「我不是這個意思。只是今日，不太適合……」蕭七郎有些為難，溫聲道：「五娘，妳家尊長呢？為何就這樣放妳出來了？」

杜清檀垂著頭沒吱聲，又是那個厚嘴唇的婢女大聲道：「七郎這話問得真好笑！誰不知道我們五娘是沒了爹娘的孤女，你這個未婚夫婿竟然不知？」

婢女的話如同飛刀，每一個字都透著凌厲。

蕭七郎的臉紅了，他尷尬地辯白，「知道的，但家裡不是還有其他長輩嗎？」

「我家大伯母病倒了，我沒有其他辦法，只好求了亡父之友，朱家叔父陪同我來。」

杜清檀抬頭看向他，黑白分明的鳳眼裡滿是脆弱和難過，細聲細氣的，很是可憐。

蕭七郎看看如狼似虎的朱大郎，再看看那明顯是租來的破敗牛車，心裡便是一軟，同時還很窘迫。

他慌慌張張想要打發她走，「今日家裡宴客，來的都是貴客，是為了賞花，品詩論經，並不是什麼需要慶賀的事。沒有女客，妳進去不方便，趁著天色還早，趕緊回去吧！改日，改日，我再去看妳。」

杜清檀抿著唇，把臉扭向一邊，是倔強又脆弱的姿態。

眾人開始竊竊私語，蕭七郎的手腳都冒了汗。

忽見那又醜又凶的江湖漢子大步而來，鐵塔一樣杵在他面前，大聲道：「你這個人好生無禮！你們婚約尚存，五娘一個女子不顧羞澀登門拜訪，無論如何都該讓她進去拜見你家尊長才對。再說，朱某是你那故去的丈人之友，今日護送五娘來此，便是你家的客人，也是你的長輩，你該請我入內飲酒做客才是正理！但是，你在做什麼呢？忙著趕五娘走，對親家長輩視若無睹，顯見你就是個目中無人、忘恩負義、嫌貧愛富的鼠輩！」

這話說得難聽，卻句句都在實處。

蕭七郎面紅耳赤，恨不得有條地縫可以鑽下去，囁嚅著想為自己辯白，「不是這樣的，都是誤會……」

「既是誤會，你把我們請進去啊！還是你想悔婚？瞧著我那老友故去，杜家敗落，想要另攀高枝？」

朱大郎凶神惡煞，聲音大得雷聲似的。

「不是這樣的……沒有的事……您誤會了……」

蕭七郎窘迫不已，想著要不趕緊把人請進去再說，堵在門口讓人看笑話實在難看。

還沒開口，就見他娘來了。

裴氏打扮得珠光寶氣，帶著一大群衣著錦繡的僕婦婢女匆匆趕來，笑咪咪地把兒子護在身後，大聲道：「哎呀，五娘怎麼來啦？是家裡又沒錢了吧？妳大伯母病了啊？來，我隨同妳去看望她，給她請大夫買藥。」

僕婦們圍上去，想把杜清檀弄上車帶走。

「七郎趕緊進去，這裡有我。」

裴氏恨意滔天，這不知好歹的小賤人，竟敢在這種時候登門鬧事，今日非得叫她知道厲害不可！

「放開她！妳這個老虔婆！」

朱大郎粗壯的手臂用力一揮，兩個婆子就飛了出去。

裴氏大怒，本想破口大罵，轉念一想，又換了副痛心疾首的嘴臉，「五娘啊！妳有難處可以和我們說，又不是不管妳，做什麼非得和這種下流之徒混在一起？」

這話就很有意思了，彷彿杜清檀不自尊自愛，和野男人胡亂廝混一般。

「阿娘，您怎麼說的話？」蕭七郎先就受不了。

他的未婚妻和野男人混在一起，誰的臉上更難看啊？

他娘這是唯恐他頭上不綠？

「咳咳咳……」杜清檀捂著嘴劇烈地咳嗽起來，彷彿心肺都要咳出來。

咳著咳著，一縷鮮血順著她的唇角流出，又透過她纖細蒼白的指間，滴落在雪青色的衣襟上，觸目驚心。

「血！五娘，您吐血了！我可憐的五娘啊！」厚嘴唇婢女咋呼地尖叫著，高聲哭喊，「誰不知道您高潔自愛，寧願賣書換糧，也不願向親友低頭借貸。可恨這刻薄惡毒的老虔婆，上門逼著退婚不成，就當眾往您身上潑髒水，栽贓陷害！五娘，您不能死啊！您若被他們就這麼氣死了，誰來為您伸冤昭雪啊！」

杜清檀有氣無力地擺手，「不要哭喊，丟人……噗！」她一個沒忍住，又噴出了一口鮮血，衣襟被血染透。

蕭七郎愣愣地站在那裡，無助地看向裴氏。

這短命的小賤人！裴氏恨不得杜清檀就這麼死掉算了，然而當著這麼多賓客的面，卻又不敢做得過分。

想著把人抬進去遮醜吧，又嫌晦氣，還怕人真死在家裡，難以說清楚。

不管吧，正好證實了杜家的話。

想了一回，惡念乍起，衝著朱大郎道：「你這姪女不行了，我家今日待客，不便安置她。你趕緊把她弄上車去，我出錢財醫治！」

心裡想的是，只要朱大郎摸了杜清檀，這盆髒水她就潑定了！

誰知朱大郎站在那裡，悲憤地道：「五娘姪女兒，叔父知道妳品性高潔，萬萬不肯讓我等外男碰觸妳的！所以妳安心地去吧！等妳死了，叔父殺了這惡毒薄情的蕭家七郎為妳報仇！」

「噗——」杜清檀又噴出一口血霧，捂住胸搖搖欲墜。

她不行了！這……她只是說，若是她吐了血什麼的，叫朱大郎等人不要著急，不用管她。

誰知道朱大郎竟就拼出了這樣的臺詞！

彷彿她是什麼被男人碰了手就要砍斷手，碰了腳就要切斷腳的貞潔烈女一樣。

但是，效果出乎意料的好。

看看周圍人的表情就知道了，同情、敬佩、氣憤皆有之。

蕭七郎和裴氏則是傻了眼，都不知道該怎麼辦才好了。

就在此時，蕭讓聞訊匆忙趕了出來，高聲道：「還愣著做什麼！還不把這可憐的孩子抬進去安置妥當，請大夫來看？」

即便被攪了今日的盛宴，即便恨得滴血，蕭家也萬萬擔不起逼死貧弱未婚兒媳的惡名。

至於把人抬進去後會發生什麼，那又是另一說了。

「哦，是，是，看我，被這孩子嚇糊塗了！」裴氏反應過來，忙著指揮僕婦上前幫忙。

另一邊，崔譽與楊承對視一笑，搖搖頭，準備入內赴宴。

不想一個女子撲過來緊緊抱住楊承的腳，大聲喊道：「楊相公，可找到您了！求求您為我家五娘做主啊！」

竟然是杜五娘身邊那個厚嘴唇的婢女。

一時間，眾人看向楊承的眼神都不對起來。

當朝宰相就這麼被人抱住腳哭鬧，那肯定是不行的。

不等楊承發聲，隨從已經圍攏上來抓住那婢女，厲聲呵斥著要趕走。

那婢女卻大聲道：「楊相公，事情還沒說清楚，您就不怕影響了您的清名嗎？」

這話算是點在了要害上，做官的，尤其是當朝大員，誰不愛惜羽毛？

楊承自問無愧，索性擺出一副開明包容之態，微笑著揮退隨從。

「妳這婢女好生刁鑽，依妳所言，老夫若是不理妳的瑣事，反倒會影響了清名？既如此，妳且說來，我倒要看看是什麼事！」

蕭讓沒想到楊承居然真的願意聽采藍說話，暗自叫苦不迭，少不得上前懇求，「家門不幸，出此笑話，倒讓楊相牽涉其中，蕭某無地自容。您不用管這事，我會處置妥當，事後定會給您交待。」

求求你了，千萬別管我家這閒事，過後我一定會加倍送上禮物的。

一般來說，主人懇請，客人多少也會給點面子。

楊承確實也想給他這個面子，畢竟蕭讓現任戶部侍郎，大家同朝為官，不好得罪。

不想身後傳來一條興奮的男聲。

「我早聽說蕭家嫌貧愛富，想要悔婚另攀高枝，為達目的不擇手段，百般欺凌孤兒寡婦，逼得人走投無路。我是不信的，畢竟同為高門，誰家又是好欺負的？今日看來，竟與楊相公有關，那就難怪了！」

接著，武鵬舉領著他那群狐朋狗友走了出來，個個笑嘻嘻的，交頭接耳，指手畫腳，熱鬧看得不亦樂乎。

蕭讓一口老血吐不出來，愁得只是嘆息。

楊承向來獨善其身，最怕沾上不利的事，到了這個地步，肯定是要辨個分明的。

果然，楊承抱歉地朝蕭讓一笑，看向采藍，「妳說吧！」

采藍掙脫束縛，衝到楊承面前跪下，「婢子名采藍，家主杜蘅，為杜陵杜氏子弟，曾任懷王府侍讀。我家大娘子與楊相公同為弘農楊氏族人，論輩分，該稱您為族叔。」

楊承若有所思，竟然還有這麼一層關係！那他似乎更不能裝聾作啞了，宗族之所以為宗族，正是因為守望相助，他若不管，也要被人非議。

采藍敘好了舊，再遞進陳述事情經過。

她口齒清晰，膽子又大，說到激動處涕淚交流，忠貞激烈感動眾人。

「賊子可恨，以勢壓人，逼得近親俱不敢援手。如今我家大娘子臥病在床，五娘走投無路，只好親自上門退親。不想他家猶嫌不夠，竟不許我家五娘開口，虛誣詐偽，只想逼死孤女，以保全蕭七郎之名聲！求楊相公秉承公義，庇護族人！倘若任由蕭家隻手遮天、任意妄為，這世間就沒有公義可言了！」

采藍用力磕頭，額頭磕破，浸出血痕。

眾人信了大半，都用奇怪的目光打量著蕭七郎。

懷王為武皇親子，後因母子猜疑，被貶離京而死，其王府屬官俱受牽連，死的死，貶的貶。

此時，武李之爭正是白熱化之際，但凡想要往仕途上走的，對這樣的親家多少有些忌諱。蕭七郎這樣前途無量的少年郎，父母家族為他考慮，完全可能如此安排。

問題在於退親的方式。

好說好商量，再給女方錢財補償，悄無聲息地抹滅這事也就罷了。但或多或少，對於男方聲名上總有些影響。

背信棄義的名聲是一定要背上的了，除非杜家願意退讓，自汙保全男方。可是好好的女兒家，誰願意自汙聲名呢？

所以蕭家採用見不得人的腌臢手段對付女方，是完全可能的。

可惜杜家五娘太過剛烈，竟把事情當眾撕扯出來，還很好地借了楊相公的勢。這蕭七郎的名聲啊，今日之後是要一落千丈了。

蕭七郎臉色慘白，不敢置信地盯著裴氏，啞聲道：「母親，她說的都是真的？」

「滿口胡言！」裴氏目眥盡裂，只恨不得毀天滅地以保全寶貝兒子，厲聲喝道：「來人，把這惡婢拖下去亂棍打死！」

采藍跪坐在地上慘笑，「來吧，反正遲早都會被你家逼死，不如死在這裡，也算死得其所。」

裴氏跋扈慣了，果真要讓人去拖拽采藍，其張牙舞爪、囂張惡毒之態一覽無餘。

武鵬舉大聲怪笑，「哎呀，當著咱們的面就要殺人滅口啊！路見不平旁人鏟，誰敢動這婢女，老子和他沒完！」

越鬧越糟，蕭讓面色慘白，上前一掌打在裴氏臉上，「無知婦人！便是被人冤枉了，也不該如此失了分寸！退下，這裡沒妳說話的份兒！」

裴氏被打醒了，反應過來就掩著臉哭，「各位，杜家索要高額彩禮，我們沒有答應就亂潑髒水，我愛惜兒子勝過這條老命，哪裡捨得拿他的名聲這麼冒險呢？」

蕭讓則沉聲道：「妳這小婢女紅口白牙，胡亂攀咬，置人名聲於不顧！我且問妳，妳口口聲聲說是我家逼迫妳們，證據呢？」

「對，證據在哪裡？」裴氏又得意起來。

她做的那些事情，又沒留下把柄，只憑一張嘴，那可算不得。

以現今朝廷局勢來論，誰敢公開支持懷王一系的人？

采藍當然沒有證據，但她也不慌，哭著道：「孤兒寡婦本就勢弱，若能抓住惡人，怎會落到玉石俱焚這個地步？誰不惜命，誰不想好好活著？」

「咳咳咳……」一陣劇烈的咳嗽聲傳來，杜清檀搖搖晃晃走過來，先掙扎著給楊承行禮，又給蕭讓和裴氏行禮，聲音嘶啞地道：「蒼天在上，上有神明，行惡積善自有分明。我自知配不上七郎，很後悔當初沒有答應夫人。今天來這裡，並不是想要生事，而是想要主動退婚，以成全七郎。原本這些事情該由長輩出面方顯鄭重，但我家大伯母病重臥床，不能起身，其餘親族不便出面。我只好請托先父好友朱家叔父，再拜請楊相公為我作證，退掉這門親事。從此以後，男婚女嫁，互不干涉。也祝七郎，得配高門之女，前途錦繡，春風得意。」

杜清檀撫著胸口喘了一回，才又看著裴氏大聲道：「夫人，您要求的我都做到了，有頭有臉的證人有了，現在請聽我說。五娘的命不好，自慚形穢，不想拖累七郎，所以想要主動退婚。是我們家對不起妳家，原本應該備了厚禮登門致歉，但我家已然窮到賣書換糧的地步，所以還請夫人見諒，莫要計較。」

她說著，又將袖子掩著口劇烈地咳嗽起來，再然後，又吐出一口鮮血，一個踉蹌。

這些話，是當初屠二抓團團時留下的狠話。

裴氏自然記得，臉色越發難看，目光猶如淬了毒一般，恨不得撕爛杜清檀那張楚楚可憐的雪白小臉。

「五娘！」采藍趕緊爬起攙扶住她，哭道：「您快別說了，我們回家去吧！」

杜清檀搖搖頭，用力抓住采藍的手，要她扶自己給蕭讓、裴氏行禮，「懇請二位同意我與七郎退親。」

朱大郎面色猙獰，拿出婚書遞給楊承，粗聲粗氣地道：「朱某是粗人，生於市井，承蒙五娘信重，為她做主。但楊相公在此，自然是要拜託您這個正經尊長主持此事。」

楊承心裡很明白是怎麼回事，卻有些不高興就這麼捲進去得罪蕭氏，但又不能不管，只能和稀泥。

當下接了婚書笑道：「我看此事多有誤會，女方並沒有證據證明蕭家做了這些事，故此還該慎言，不好輕易毀人名聲的。」

蕭讓和裴氏猛點頭。

楊承又道：「但事情到了這個地步，這門親事是再難繼續了。便由我來做主，為二位解除婚約如何？」

雙方都沒有異議。

楊承滿意點頭，先看向蕭讓夫婦，「這事鬧到這個地步也是真難看，雖是誤會，男方也該惜貧憐弱，補償女方一二，不知賢伉儷意下如何？」

裴氏大怒，鬧成這個樣子，還要她補償杜五娘這個小賤人，還有天理嗎？

「那是自然。」蕭讓警告地摁住她，假惺惺嘆氣，「五娘這孩子氣性大，這些年她過得不好，我們也送了許多東西去，卻都被退了回來。估計是中間辦事的人沒弄好，所以生了誤會。鬧成這樣子，我這張老臉真沒地方放。不過到底也是長輩，怎能和不懂事的小孩子計較呢？總不能看著她貧病交加早早死掉，我願意補償她的，只要誤會釐清就行。」

意思是要杜清檀當眾承認，采藍之前說的那些都是誤會，就能拿到補償。

楊承就又看向杜清檀，「杜五娘，妳意下如何？」

杜清檀倚靠在采藍身上慘笑搖頭，「楊相公，該說的我已經說了，禮也賠了，是我配不上蕭七郎，是我家對不起他家，還要怎樣？若要我這條命，只管拿去吧！」

她仰頭看向墨藍的天空，蒼白的臉上流下兩行清淚，淌過唇角的血跡，再滴落到胸襟之上，洇染得胸前那灘血跡更加濃重顯眼。

美人垂死，我見猶憐。

眾人一陣嘆息，世道便是如此啊！

就算鬧到人前又如何？到底形勢比人強，權貴面前不得不低頭。

武鵬舉忍不住了，大聲道：「是要證據嗎？我這裡有證據！」他用力把獨孤不求推出去，「獨孤，蕭家惡奴抓捕杜家那個小孩兒時，不正是你路見不平拔刀相助，救下他們的嗎？你為何不吱聲？難不成你也畏懼蕭家的權勢？」

眾人的眼睛亮了，本以為這事就這樣了，不想平地又生波瀾。

第九章 躺平就沒有希望

獨孤不求有些羞澀地對著眾人行了個禮，不好意思地道：「沒錯，我是證人。唉，早知道這事這麼麻煩，會得罪權貴，我就不多事了。」

眾人就有些鄙視他——畢竟人都是這樣的，自己害怕出頭招禍，卻希望別人做正義的英雄。

獨孤不求垂著濃長捲翹的睫毛，勾著嘴角，繼續羞澀，「不過既然武兄把我推了出來，男子漢大丈夫的，也不能做那縮頭烏龜。若是將來我的前程因此受到打壓，我也認了。」

蕭讓又含了一口老血，他還沒做什麼呢，這不知從哪裡冒出來的臭小子已經誣賴自己要打壓他！

楊承板著臉道：「閒話少說，有老夫在，崔相公也在，誰敢打壓你？趕緊說來！」

獨孤不求欽佩地對著兩位宰相行禮，再將當天的事情娓娓道來，言之鑿鑿，「那兩男僕一個叫屠二，一個叫劉大，是個塌鼻梁的，若是不信，或可入蕭府搜找。」

說到這裡，還要怎樣？

蕭讓面如死灰，更加後悔沒有順著楊承的意思，直接賠錢了結，非得爭那口氣做什麼？

裴氏還想抵賴，卻被蕭讓惡狠狠瞪住，「妳再多說一個字，我便休了妳！」

楊承哈哈一笑，繼續和稀泥，「哎呀，這個事，真的是各種誤會啊！我相信蕭家不至於如此，但孤兒寡婦也自有委屈。我看這樣吧，婚約解除，蕭家給些壓驚錢，從此之後男婚女嫁再無瓜葛，如何啊？」

還能如何？再繼續糾纏下去，蕭家不要做人了。

蕭讓咬牙切齒，「全聽楊相安排！」

且讓這一門孤寡得意著，等風頭過後，他非得讓他們付出代價！

楊承就問杜清檀，「杜五娘，妳覺得多少錢合適？」

這又為難人了，一個真正的淑女，有氣節的淑女，不該拿這種錢的，如此方顯清高。

杜清檀搖頭，「我不要錢，只求能夠平安度過餘生即可。」

「妳傻啊！醫藥費總要賠一點吧？他家把妳家害成這樣子，險些家破人亡，若是這樣算了，天理何在？」武鵬舉替她爭取權益，「小娘子面皮薄，我來替她算一算，怎麼著也得給兩百金才合適。楊相，您覺得如何？」

兩百金!?怕是娶個媳婦也花不了這麼多錢。

蕭讓面目抽搐，下定決心堅決不答應。

楊承也覺得太多了，正想出聲干預，就見一個穿著青衣的宦官緩步而來，微笑著道：「府上好熱鬧，梁王著咱家來傳一句話。」

梁王!?蕭讓頗為驚喜。

他是請了梁王，但梁王病著，說是不來的。

現下又派了人來，可見還是給他面子。

一群人少不得豎起耳朵聽梁王要說什麼，更是替杜清檀可惜。

有這麼多權貴站在蕭家這邊，還能怎麼樣呢？

即便現在迫於輿論，得到一筆賠償，以後也一定沒有好日子過。

所以啊，何必！

卻聽那宦官清清嗓子，朗聲說道：「梁王殿下說了，杜家五娘與蕭家七郎的婚約糾紛一事，他已知曉。蕭家七郎錦繡前程，杜家五娘門庭凋敝，不堪為配。但世間之事，即便無緣也該好聚好散，斷不可仗勢欺人。此事為蕭家不仁，理當賠償杜家五娘。從此之後，兩家不許再為此事糾纏不清，否則便是不給梁王殿下面子。」

眾人大為震驚，原本以為是宦官相護，誰曾想竟然是梁王出面為杜家撐腰！

這是怎麼回事？

鬧不明白了，包括楊承、崔譽在內，都好奇地看向杜清檀。

本以為是走投無路，以卵擊石，玉石俱焚，沒想到是早有準備，一環扣一環。

也不知杜家這是走了誰的門路，竟然能得梁王襄助！

梁王是女皇愛姪，有他襄助，懷王府侍讀這個名分帶來的影響便可忽略不計了。

所以啊，門閥世家之所以能夠屹立百年不倒，正是因為其盤根錯節的複雜關係，不可小瞧。

蕭讓夫婦面色慘白，搖搖欲墜。

一個怨恨妻子不賢，給家門招禍。

一個後悔行事不周，害了自家兒子。

「蕭侍郎為何不說話？」宦官微笑著，輕言慢語，「是覺得梁王殿下錯怪了你嗎？」

梁王深得寵信，如日中天，蕭讓哪裡敢去得罪？當即忍辱含羞，低頭行禮，「下官聽從殿下安排。」

宦官滿意地笑了，「知錯能改，善莫大焉，誰行事還沒個差錯呢？蕭侍郎打算賠償杜家五娘多少錢呢？」

蕭讓想到武鵬舉突然出現在這裡，肯定不是巧合，又想到這人之前提出的兩百金的賠償額度，便覺得怕是梁王的意思。

兩百金，他當然拿得出來，但這麼屈辱地拿出去，他還真不願意。

於是咬著牙，試探著砍半，「一百金如何？」

宦官就問杜清檀，「杜家五娘，妳意下如何？」

身為堅貞不屈的淑女，杜清檀哪裡能在這種時候和人談錢呢？

所以她理所當然地暈倒了。

朱大郎理所當然地站出來接了這事，「錢財事小，正義事大，我等聽從梁王殿下安排。」

宦官非常滿意，便要蕭讓立刻把錢拿出來，當面交割清楚。

蕭讓咬著牙，命人取了金子，送交給朱大郎，再接了婚書，準備就此解除婚約。

眼看塵埃落定，杜清檀輕輕吁出一口氣，默默盤算拿到這筆賠償金後，該怎麼答謝相關人等。

不想突然一聲尖利的喊叫，嚇得她一個激靈，險些清醒過來。

「我不答應！」蕭七郎激動地揮舞著手臂，年輕俊秀的臉因為過於憤怒顯得有些扭曲，「杜五娘是我的未婚妻，姻緣天定，豈有半途而廢的道理？」

他什麼都不知道，金燦燦的前程和美好的名聲就這麼毀了，他不答應！

「我要娶她！必須娶她！這些事情我統統不知。如今知道了，我會用餘生照顧五娘，儘量補償於她。」

只要他把杜五娘娶回家來，這些謠言自然不攻而破。

看誰還敢說他蕭七郎背信棄義，見利忘義！

「對，我們不退婚！」裴氏跟著附和，「當初既然締結婚約，就沒有半途而廢的道理，我們擇日便將杜五娘迎娶進門！」

作死的小賤人，反正鬧到這個地步，與崔氏結親的事一定不成了，那便將這小賤人娶進門來弄死了事！

只要手段高明，就能把退婚帶來的影響消弭乾淨，確實是好辦法。

「這……」楊承又開始左右搖擺，想打退堂鼓了，「俗話說得好，寧拆一座廟，不毀一樁婚……」

草泥馬！杜清檀在心中破口大罵。

她最恨的就是這種說法，兩口子日子過不下了，總有那麼一些人打著這種旗號來勸和。不許離婚，不讓離婚。

她祝這些人都遇到這樣的破事，把一輩子毀在爛泥一樣的婚姻裡。

「七郎啊，你是不是痛恨名聲受損，想要把杜五娘娶回家去磋磨報復，弄死她呀！」

獨孤不求不懷好意地瞅著蕭七郎笑。

「你錯怪了對象，這事始作俑者是令堂，你該怪她才對。杜五娘病成這樣，隨時隨地都可能死掉。你非得把她弄回去，萬一死了，人家非得說是你弄死的，三人成虎，眾口鑠金，你這輩子就算完了。你前途似錦，有狀元之才，為何這樣想不開？依我看，還是一別兩寬的好。而且還要祈祝她一直好好活著，看著你將來出將入相才是。」

裴氏又開始動搖，似乎是這個理啊！

蕭讓就更不必說了，一家之主，自然懂得取捨，當下厲聲呵斥兒子，「婚姻大事由父母做主，輪不到你來說話，退下！」

蕭七郎倔強得很，鬧著就是不從。

「把他帶下去！」蕭讓不由分說，命人將兒子拽下去，就請楊承與朱大郎作證，當眾解除了與杜清檀的婚約，又奉上黃金百兩，客客氣氣表達了對梁王的謝意，還要送杜清檀回家。

朱大郎哪裡要他假惺惺作態，拿著賠償金，請了兩個婆子幫忙把杜清檀弄上牛車，揚長而去。

裴氏看著牛車遠去，一雙眼睛恨得滴出血來。

蕭讓卻是很快打起精神，邀請眾人入內宴飲，說是要向眾人賠禮。

眾人已到這裡，再走就顯得很難看，於是照常入席吃喝，只是私底下難免議論這事，都覺得蕭家不對。

蕭讓心中含恨，少不得挑唆楊承，口口聲聲都是杜清檀算計了楊承，實在不會做人。

楊承但笑不語，並不表態。

主人家敗了興，一場原本打算通宵達旦的宴會不到二更便散了。

坊門已閉，不能回去，眾人各自歇下，又有蕭家子弟攜禮拜訪，為蕭七郎辯解，懇請口下留情，不要壞了他的前程。

✣ ✣ ✣

啪！裴氏挨了一記響亮的耳光，卻不敢發出任何聲音，只低著頭默默垂淚。

「不賢不慧的無知婦人！我蕭氏一門清譽，兒子的前程，盡都毀在妳的手上！」

蕭讓氣急敗壞，說到激動處，恨不得拎起棍子打人。

裴氏這回不忍了，跳起來高聲反駁，「這主意又不是我一個人的，你自己也覺得這樣挺好，怎麼出了事，就盡都怪在我身上？」

蕭讓氣得渾身發抖，「我讓妳與杜家好生協商，必要時還可以給些補償，妳就是這樣辦的？」

「是她家不識抬舉！」裴氏眼睛都哭腫了。

她只想著孤兒寡婦不足為患，只要逼得她們走投無路，她們就會自動低頭，匍匐跪地求饒，哪裡想得到事情竟會如此發展？

「那杜五娘居心叵測，惡毒低賤，攀附不成就來陷害我兒！倘若她真是個講道理，有節氣的，她家剛出事時，就該主動上門退親，以免拖累我兒才是。她家不但不退親，如今又做到這般地步，毀壞我兒名聲前途，訛詐我家錢財，實在讓人痛恨！」

蕭讓越想越痛，只把牙齒咬得咯吱響，暗暗發誓，暫時忍下這口惡氣，必須伺機報復回來才是。

只要做得乾淨些，梁王又能把他怎麼樣？

但近期內，那些打殺、綁架、威脅的事是不能做了，因此交待裴氏，「這件事不許妳再插手，否則再鬧出什麼事來，我定然休了妳！」

裴氏哭哭啼啼，又去看望兒子。

蕭七郎不吃不喝不睡，抱著頭坐在窗前發呆，無數影像在他腦海裡交替閃現。

一會兒是杜清檀那張清麗柔弱的臉，一會兒是眾人的輕蔑嘲笑，一會兒是母親的猙獰憤怒，一會兒是獨孤不求不懷好意的笑。

他到底做錯了什麼？

他抓著頭髮使勁地扯，嚇壞了進門探望的裴氏。

「我的兒，你千萬別被那福薄短命的小賤人給嚇住了啊！沒事的，大家都知道這事錯不在你。」

裴氏抱著兒子一頓嚎哭。

蕭七郎不言不語，等到裴氏哭夠了，才輕聲道：「我不服，阿娘。」

「阿娘也不服！」

裴氏正想咒罵杜清檀幾句，卻被蕭七郎推到了門外。

「我累了，想歇息，您回去吧！」

蕭七郎當著她的面，狠狠關上了門扇。

與此同時，永寧坊杜家。

楊氏看著面前那堆金燦燦的金子，再看看笑顏逐開的杜清檀和采藍等人，只覺得自己是在做夢。

思前想後，因為捨不得打杜清檀，就用力拍了采藍一巴掌，「妳們好大膽子，虎口拔牙，以後再無寧日了！」

杜清檀不以為然，「難道不這樣做，他家就會放過咱們？」

「也是。」楊氏左思右想，「我們搬家吧，不要再留在這裡了。」

「搬什麼家？山高皇帝遠，更方便蕭家動手嗎？」杜清檀將黃金分成五份，「這些存起來，這些拿去看望楊家舅父，這些置辦田畝，這些留給團團讀書，這些拿了答謝幫忙的人。」

采藍提醒她，「楊相公那裡也該走一趟的，不管怎麼說，他始終也替咱們說了話。」

楊氏後怕道：「妳這丫頭真是膽大，怎麼就敢撲上去抱住楊相公的腿！那是當朝宰相，若是激怒了他，叫人把妳拖下去打個半死也是可能的。」

這叫當朝宰相的威嚴氣派不容冒犯。

「五娘說不會，她說楊相公的脾氣很好，果然是真好。」

楊氏奇了怪了，「五娘，妳怎麼知道楊相公脾氣好？聽誰說的啊？」

從來都只知道楊承這個人庸碌無為，只肯獨善其身，就沒聽說過他是個大善人，脾氣好。

「我聽過有關楊相公的兩件事。」

第一件，楊承年輕時被盜竊錢財並當場抓住小偷，他卻認為小偷是因為貧困才作賊，非但沒有送官，還將錢財留給小偷。

第二件，長安城中發生水災，到處泥濘難行，楊承身為宰相什麼都不做，只在家中閉門祈福。路上遇到百姓咒罵他無能，他也不生氣，只讓隨從去和百姓說不是他的錯。

「這樣的人，怎麼可能當眾發怒並責打弱女子呢？」杜清檀分析得頭頭是道，「退一萬步講，即便他脾氣不好，但凡有一分希望，總要去爭取。」

躺平是沒有任何希望的。

楊氏心情複雜地看著杜清檀，總覺得這個姪女變得陌生不認識了，行事籌謀不輸男子，也不知幸還是不幸？

杜清檀自信地招呼大家，「時辰不早，都歇了吧，明日還有許多事要做呢！」

早睡早起，按時起居，對於養生非常重要，熬夜要不得。

次日一早，杜清檀正在練習五禽戲，門就被敲響了。

獨孤不求拎著一包果子立在門前，朝著于婆笑得十分討喜，「我來探望病人。」

于婆如今看他就像看神仙，忙不迭地請他進門，呼喊楊氏，「大娘子，來貴客啦！」

楊氏還未收拾妥當，獨孤不求就去看杜清檀練五禽戲。

杜清檀沉浸式練習，並不因為他在一旁就不好意思或者停下來。

「妳這一招一式挺像樣的啊！」

獨孤不求環抱手臂，眼裡滿是興味。

這杜五娘帶給他的意外可太多了，雖說平時常聽人提及奇女子，親眼目睹還是頭一遭。

「讓你見笑了。」杜清檀緩緩收功，目光清亮，精神抖擻。

獨孤不求很是自來熟地落坐，壓低聲音，「其實我有件事沒想明白。」

「你說。」杜清檀示意采藍入內去取黃金。

「妳那些稀奇古怪的配方，都是從哪裡學來的？」

那個血，可太像了！

若非是他親眼瞧著她熬製出來的，只怕也要被唬住。

「先父從前也曾對長生之術感興趣，學過一段時間煉丹，偶然之中發現的，我覺得好玩就記下來了。」

杜清檀現在說謊就和吃飯一樣簡單自然。

本朝權貴文人都對長生之術感興趣，杜蘅學煉丹很正常，獨孤不求雖覺得不太對勁，卻無法反駁。

「這是答謝你和你朋友的。」杜清檀把一錠五兩重的黃金雙手奉上。

獨孤不求笑咪咪地收了黃金，「以後再有什麼事，都可以來尋我，價錢好商量。」

杜清檀就怕他不肯收錢。

須知，沒有啥感情基礎和淵源的陌生人，倘若一味只幫忙不要報酬，人情越欠越多，就會變成沉重的負擔。

因為你不知道對方想要什麼，也不知道該怎麼去還。

像現在這樣，反而利於雙方長久穩定的交往合作。

獨孤不求沒放過杜清檀如釋重負的神情，勾著唇角笑道：「妳以後打算怎麼辦？」

「以後，我便行這食醫之道，藉以立身，養家糊口。」杜清檀順勢提出合作，「想來我給梁王進獻方子的事很快就會傳開，倘若有人需要，還請幫我介紹一二，可抽成。」

「行啊！」獨孤不求將黃金高高拋起，又穩穩接住，摸一摸團團的頭，「我先走了，若是有事，可去平康坊張家邸店尋我。」

「您慢走啊！」楊氏熱情地送他出門，「有空來玩。」

獨孤不求前腳已經邁出大門，又折回來，特意提醒，「蕭家必不會善罷甘休，你們還該小心謹慎才是。」

雙方勢力懸殊太大，怎麼小心都沒用，楊氏勉強笑著應了。

杜清檀卻是不怎麼在意的樣子，叫了采藍在一旁商量，「哪裡可以買到被豺狼咬死，或是不小心摔死的羊啊豬啊啥的？」

采藍才聽她這麼一說，口水就差一點流下來，不得不將手捂著嘴唇傻笑，「這個就要問朱家郎君了。」

市井之徒才知道這些啊，哎呀，饞死了。

「昨日朱家叔父出了大力，理當登門重謝才對，然而我們這樣子卻是不太好出門，這可怎麼辦才好呢？」

她昨天是當眾吐血暈厥倒地的，對外也是說楊氏臥床不起，怎麼也得養幾天病才好出門。

「這個好辦，去請團團的舅父舅母過來照應。」

楊氏之前和娘家生氣，也是因為窮愁潦倒鬧的。

過後冷靜下來仔細想想，就想開了。

無論如何，娘家也照應了她那麼多年。

即便遇到生死攸關的大事了，娘家人也還給了她一千文錢。

杜清檀也是這麼想的，「大伯母想得開就好了。」

「不然能怎樣呢？人還是要靠自己才行。拖兒帶崽的，將心比心，我懂。」

楊氏嘆氣，要照常往來，也要記情，不過肯定不能和從前一樣了。

于婆當即跑了一趟。

楊家舅父已經聽說了昨天的事，也是為妹妹一家高興的，只是當天鬧得那麼不開心，這會兒再去往來也不好意思。

一家子正坐著說這事呢，于婆就來了。

聽完來意，楊家舅父就站起身來，「我這就去。」

楊舅母張氏忙把他摁下，「你傷還沒好利索，且養著，我帶著大郎走這一趟。」

母子二人去到杜家，和楊氏見了面，先還有些尷尬生分，說著說著掉了眼淚，抱頭痛哭一回，也就好了。

楊氏把之前從娘家借的錢統統折算了要還，「這些都是從前借的，如今我們有錢了，理所應當該還的。」

張氏對小姑子老是回家借錢很不高興，現下當真拿錢來還，又有些不好意思，推讓道：「你們孤兒寡婦的，也沒個正當營生，用錢的地方多著呢，不用急著還。」

杜清檀原本一直保持靜默，到這會兒就插了嘴，「舅母收下吧，有借有還才好往來。」

張氏這才收了，訕訕地道：「要我們做什麼，只管說來。」

楊氏就請她和楊舅父出面，依次去拜謝楊承、朱大郎等人。

張氏滿口答應，拿了禮錢拾掇著正要出門，就聽門外有人高聲道：「有人在家嗎？」

竟是個男人的聲音！

大家都聽不出來是誰，就有些緊張。

楊進奔去開了門，警惕地隔著門縫問道：「你找誰？」

門外站著一個穿長衫，管事打扮的男子，看到楊進也警惕地盯著他問道：「你是誰？為何會在這裡？」

楊進聽他語氣不善，心裡有些不悅了，「這是我姑母家，我來探望她很奇怪嗎？你誰啊？」

那人就板著臉道：「我姓廖，是杜陵杜家的管事，我們主君讓我來請楊娘子和五娘去族裡敘話。」

楊進對於杜家族裡龜縮不出面很不滿，當即沒好氣地懟回去，「你們杜家真奇怪，人有事不見伸手幫忙，人病著起不來床，非但不來探病，反而要人去族裡敘話！我沒聽錯吧？」

廖管事臉色越發難看，大聲道：「楊娘子呢？我要見她！」

楊進也怒了，「你這家奴好生不知禮節，男女有別，上下有序，你……」

團團走出來道：「大表哥，阿娘說，請廖管事進去。」

廖管事便對著楊進狠狠一甩袖子，冷哼一聲，氣勢洶洶地走了進去。

他是族長手下的大管事，手裡的實權可大了。

有頭臉的族人，自然能得他尊卑相待，像這種日薄西山，無依無靠的孤兒寡婦，只有討好他的份兒，哪敢在他頭上充主子！

廖管事正想提步踏入內院，就見一個素衣單薄的少女扶著門框站在那裡，細聲細氣地道：「廖管事是七叔公家的吧？」

廖管事見她容色舉止不凡，又看她身體瘦弱，便猜她是杜五娘，勉強道：「見過五娘。」

杜清檀點點頭，「不知七叔公派你過來，是為了什麼事？他老人家的病好了嗎？可以替我們孤兒寡婦出頭，去蕭家討回公道了？」

「這……」廖管事一下子被問住了。

他其實是受命來興師問罪的。

這楊氏和杜清檀二人，居然繞過族裡，請了外人幫忙辦事。

如今事情傳開，個個都在嘲笑杜家宗族無能，放任外人欺凌族中孤兒寡婦毫無作為。杜氏族長丟了臉，肚子裡窩著一股火氣沒地方撒，肯定不能就這麼算了。所以才讓他來通知楊氏、杜清檀去族裡聽訓。

本以為是手到擒來的小事一件，不想被杜清檀這麼一問，倒讓他開不得口了。

杜清檀並沒有讓廖管事進去的意思，捂著口低低咳嗽兩聲，淡淡地道：「雖說我爹和大伯父不在世了，門風規矩還要，孤兒寡婦，不好讓廖總管進內院，你就站在那裡說話吧！」

第十章 夢與仙，最合適

廖總管就那麼站在院子正中，進不得，退不得，臉漲成豬肝色。

他很少被人如此慢待，這會兒卻被杜清檀幾句話就逼得定住，於他而言，是羞辱。

於是愈加憤怒，高聲道：「我來這裡，是替我家主君傳話，讓妳們明日一早到族裡說清楚與蕭家退親一事的來龍去脈！」

楊舅母生氣地道：「沒看見她們都病著嗎？還叫人一大早趕去族裡說清楚，撫孤恤寡，你們杜氏宗族就是這樣做的？」

廖總管冷笑道：「撫孤恤寡，那也要分人。若是那老實安分懂事的，自然要體恤管顧。眼裡沒有宗族，惡毒生事的，就該用宗法教訓，哼！」

一甩袖子，就這麼走了。

楊氏匆匆趕出來，只看到大門「砰」地被關上。

於是心裡猶如墜了千金重石，一陣頭暈眼花，搖搖欲墜，等到緩過氣來，就道：「這真是不讓人活了！」

楊舅母撇撇嘴，「要不，妳帶著兩個孩子改嫁算了，這種宗族不要也罷！」

這就是說廢話了。

團團可以跟著楊氏走，杜清檀卻是走不掉，楊進嗔怪道：「娘，您少說兩句吧！」

杜清檀淡淡地道：「不怕，大伯母只管安心養病，舅母還按著咱們之前商議的做，其餘事情都有我。」

楊舅母皺著眉頭道：「妳能做什麼？」

杜清檀垂著眸子理一理袖子，緩聲道：「借勢。」

她之所以能夠逼退蕭家，借的是梁王和楊承的勢。

而杜家宗族這邊，族長不作為，就一定有人不服氣，找到那個人，借勢而為就行了。

等到楊舅母等人離開，杜清檀就吩咐團團，「你去宣陽坊十二叔公家裡走一趟……」如此這般叮囑一番。

團團小大人似地拍著小胸脯，「姐姐放心，我一定把十二叔婆請來！」

他長得玉雪可愛，機靈討喜，在十二叔公家中附學念書時，但凡有空暇，就愛往十二叔婆跟前冒。

端茶倒水，捶腿捏肩的，再不然，就背首詩給老人家聽，或者幫老人家跑腿。

十二叔婆挺喜歡他的，覺得他懂事可愛，有感恩之心。

團團由采藍陪著，往宣陽坊跑了一趟，在十二叔婆面前掉了幾顆眼淚，說是阿娘姐姐都病著，家裡沒人操持，十二叔婆就跟著他來了。

十二叔婆進了屋子，見杜清檀和楊氏形容憔悴，再看看四周簡陋的陳設，少不得嘆息一回，「妳們這可真是不容易，好在這回事情解決，安心養好病，好生過日子。」

楊氏攥住十二叔婆的手，苦笑著道：「您是知道我的，我是一心顧著兩個孩子，不想再改嫁了。遇事只想著可以依靠族裡，但這回是真被逼得不成了……」

她把娘家遇到的事說了，又叫老于頭出來給十二叔婆看頭上的傷。

「總也等不到族長病好，我自己倒先病倒了。我若死了，兩個孩子無依無靠，只能任人魚肉。五娘沉不住氣，不得不去冒險。原本是抱著必死的念頭去的，僥倖成功，也只是苟活罷了。還指望著族裡能給孤兒寡婦撐腰，不想那廖管事比外人還要凶狠，非逼我們明日一大早就去族裡說清楚，不然就要用宗法教訓，這不是要我們的命嘛！」

十二叔公早前與杜清檀的爹相交甚篤，兩家是有情分的，不然也不能讓團團在他家附學。

十二叔婆原就為沒能幫到杜清檀有些過意不去，此時見了這一門孤兒寡婦的可憐，少不得更加同情，當即道：「實在太過分了！我讓妳叔公寫信去說說這事。難不成，把妳們逼死了，他們臉上就有光啦？」

楊氏自是千恩萬謝，正想順帶問一問族長和哪個族老不和，就見采藍端了一碗蛋花湯過來，「大娘子把這個喝了吧！」

「這又是什麼？」楊氏這話是問杜清檀的，如今已習慣她的食醫之術了。

「您先喝，於您的病有益。」

楊氏便喝了一大口，湯水入嘴，苦得她差點兒吐出來，想著這裡頭有雞蛋，都是錢，這才強忍著嚥了。

口中苦味猶存，卻又微微回甘，少不得追問，「到底是什麼？」

「雞蛋苦參湯，與您的病對症。不僅比藥好喝，還比藥便宜多了。」

聽說便宜，楊氏立時喝了個乾乾淨淨，熱呼呼的出了一層薄汗，自覺又舒坦了些。

十二叔婆難免好奇，「什麼偏方？」

杜清檀等的就是這一句，「先用苦參熬湯，取其湯液沖泡蛋花，可治風熱外感，連服三次就有效果了。」

十二叔婆並不當真，委婉地道：「錢財再重也沒有人重要，該請醫用藥的還得請，當心小病拖成大病，那就得不償失了。」

杜清檀低著頭，順從應是。

女孩子就是要柔順肯聽話才好，十二叔婆滿意點頭。

卻聽采藍驕傲地道：「之前我們大娘子病倒，也是五娘開的方子呢！大娘子服了兩次，熱度就退下去了，不然這會兒只怕沒精神見您。」

杜清檀嗔怪地道：「快別多嘴！」

采藍低著頭收拾碗，小聲嘟囔，「做了就說得，遮遮掩掩的做什麼？叔婆又不是外人。」

楊氏看穿了這主僕二人一唱一和，想到自家情形，也不好阻擋，只能無奈嘆氣。

十二叔婆果然感興趣起來，「五娘還能看病開方？我怎麼沒聽說過？跟誰學的啊？」

楊氏正要說是從書裡看來的，就見杜清檀羞澀地揪著衣帶，細聲細氣地道：「叔婆，我身上發生了一件奇事，其他人我不敢講，但您是我們敬重的長輩，或許可以和您說。」

十二叔婆年紀大了，對這些奇奇怪怪的事情最感興趣了，連忙拉著這雪花般空靈脆弱的小姑娘，一迭聲追問，「快說，叔婆或許還能為妳解惑呢！」

「五娘！」楊氏不贊同地皺起眉頭。

杜清檀朝她笑笑，抱住十二叔婆的胳膊，小聲說道：「就是我前些日子做了個夢，夢見我爹住在一個仙島上。島上有麒麟瑞獸、仙草瓊花環繞，桌椅板凳床鋪都是白玉、水晶做的，帳幔就像雲霞一樣，夜裡用明珠照亮……」

「快別說了！」

楊氏試圖阻止，五娘胡說八道的功力又見長了，這可怎麼是好？

「別打擾我倆說話。」

十二叔婆卻嫌棄楊氏多話，她常聽人說遇仙什麼的，十分沉迷，每次都恨不得是自己遇到仙人。

杜清檀便神色肅穆繼續道：「人和人之間雖然距離千里，卻可傳音入耳，以水為鏡，互窺彼此。又可深入海底數萬里，取珊瑚明珠，續斷手斷腳，長生不老。我在那裡跟著我爹住了二十多年，他日常煉製仙丹，教我食醫之術，讓我以此養生。說是只要堅持，天長日久，就能強身健體。還要我將此食醫之術傳至人間，行善積德以造福天下。醒來之後，不過一夢罷了，倒叫我悵然許久，恨不得不要醒來。」

「那怎麼行！妳若是不醒，讓妳大伯母怎麼辦？」十二叔婆聽得一愣一愣的，「這麼說，妳這些方子，就是從夢裡學來的？」

「是，您一定很好奇，梁王為何會幫我，正是因為我給他獻了方子啊！只是當時我沒敢說這事，只說是祖傳祕方。但咱們家究竟有沒有祖傳祕方，你們這些長輩最清楚了，是吧？」

「當然知道了！」十二叔婆抓著杜清檀的手，上上下下地打量她，「這可真是想不到，妳竟然有如此仙緣！昨天蕭家的事已傳得滿城風雨，說什麼的都有！原來如此，原來如此！」

十二叔婆越說越激動，「五娘啊，這就是妳的福氣了！我早看出妳不是福薄之人，原來都在這裡應了！」

杜清檀羞澀地垂了頭，「若非按著我爹說的法子調養，這會兒我也只能在床上苟延殘喘罷了。」話落，抬起袖子，擦擦眼角並不存在的淚。

十二叔婆見了萬分感慨，想起家中老頭子也病著，便道：「妳十二叔公染了風寒，他又怕吃藥不肯就醫，這苦參蛋花湯能用嗎？」

楊氏緊張得鼻尖冒出一層細汗，大氣都不敢出，就怕杜清檀行差踏錯被拆穿。

杜清檀仔細問過症狀，才道：「十二叔公是風寒，不是風熱，就不能用這苦參蛋花湯。叔婆回去後，給他老人家熬一碗蔥白糯米粥吧！蔥白頭三個，糯米二兩，生薑五錢，先把糯米煮成粥，再將蔥白頭和生薑搗爛同煮，熱服，出汗就好了。」

十二叔婆忙讓團團拿筆記錄下來，裝入袖中，「時辰不早，我趕緊回去，讓老頭子寫信送去族裡。莫急，養好病再說。可憐見的，五娘這孩子病成這樣，還熬精費神地陪著我說這許多話，快去歇著。」

送走十二叔婆，楊氏才想起來，「哎呀，忘記問族裡的事了！」

「是我特意打斷不讓您問的，十二叔公怕事，願意幫咱們寫信爭取時間已經很好了。求得多了，捲入太深，我怕他不樂意。且咱們的打算不便讓太多人知道，側面打聽更為妥當。」

楊氏一想也是，「是我失了冷靜，隨便抓到個人就緊緊攀著不放，倒沒有去想人家是否樂意。」

杜清檀安慰道：「無妨，有我在，大伯母只需好生休養即可。」

楊氏挖苦她，「靠著妳做夢嗎？先還一夢十年，這回就一夢二十年了！」

「是二十年，之前是我睡糊塗，記錯了。」杜清檀煞有介事，「大伯母不要不信，是真的，不然您看我這些本領，從哪裡來的呢？」

她仔細琢磨過了，本朝從上到下都愛慕仙求仙，那什麼遇仙之說時常都有。以祖傳祕方之說行食醫之事，只怕族裡那些不懷好意、眼紅的會來搶奪。

還有杜家之前也沒有這種名聲傳出來，她自己身體孱弱，反倒讓人疑慮不信。

不如虛虛實實，以夢為名，藉口遇仙，一切不合理就都可以迎刃而解了。

反正她有真本事，並不怕被拆穿。

楊氏無可奈何，「隨妳的意吧，事到如今還能如何？只盼妳行事穩重周密，不要招禍。」

「知道了。」杜清檀見天色還早，又讓采藍去尋朱大郎。

一是請他幫忙打聽杜家族裡的事，二是看看能不能弄點什麼葷腥打牙祭。

等到傍晚采藍回來，神神祕祕地把一個食盒遞到杜清檀面前，小心翼翼地打開，又迅速關上，聲音低不可聞，「看清楚沒有？」

杜清檀激動得不行，「看清楚了，看清楚了！」

豬肝啊！她可算見到一絲葷腥了！

果然還是混江湖的有辦法！

采藍很遺憾，「可惜沒有被豺狼咬死的羊，只有豬。然後豬肉也沒了，只剩下豬肝。奴婢想著好歹也是肉，便拿回來了，只是這東西太腥，也不知道能不能吃？」

時人都以食羊為主，豬肉常被嫌棄，豬下水就更不用說了。

但是杜清檀不嫌棄啊，只要是肉，青蛙腿她也能啃很久！

何況豬肝常常用作藥膳，很適合楊家人現在這情況——長期茹素，營養不良，或多或少都有些貧血。

「這個好，羊肉味太大了，容易被人聞到。」

杜清檀搓著手琢磨菜譜，做個什麼吃呢？

大春天的，得弄點符合時令的膳食，全家養生才是。

于婆翻出一把春筍，「適才楊家舅母帶來的，說是才從山裡挖來，可嫩了。」

杜清檀瞬間有了數，那就做個補血養肝、健脾養胃、通便利腸、鮮美可口的豬肝筍子粥吧！

她也不要采藍幫忙，挽起袖子，先熬上粥，用清水清洗乾淨豬肝，切得薄薄的，再過三遍清水。

加蔥段、薑片抓揉片刻，再倒上酒繼續抓揉，之後又用清水沖洗乾淨備用。

采藍看她做得精細，忍不住湊過來聞了聞，驚喜地道：「好像不腥了呢！」

「去洗白芍。」杜清檀打發走采藍，撈起已經洗乾淨的春筍切成斜段。

等到粥熬煮成稠粥，再放入白芍、春筍，中火繼續熬煮一刻鐘。

之後加入豬肝滾上幾滾，看到豬肝變色，再加鹽，撒上翠綠蔥花，起鍋。

一鍋鮮香味美、滋補養人的豬肝筍子粥便大功告成了。

升騰的白霧中，采藍和團團吸回嘴角差點兒流下來的口水。

一大鍋豬肝筍子粥，不過片刻就被分食殆盡。

采藍意猶未盡，抱著空鍋不甘心地刮了又刮。

于婆調侃她，「伸舌頭進去舔唄，再不然用水涮三遍，留作夜宵。」

采藍面不改色地道：「如今咱們家闊了，我不能丟大娘子和五娘的臉。」說著，將舌頭伸出，把好不容易刮下來的一匙粥食舔得乾乾淨淨。

于婆看不下去，搖著頭走開了。

采藍絲毫不覺羞愧，「我今天裡裡外外跑了多少趟，都累瘦了，五娘，下次要讓給我多留些。」

「妳有功，下次一定給妳多留！」

杜清檀對於忠誠能幹的手下從不吝嗇。

「姐姐幫我看功課。」團團把寫的字遞過來，趁她不注意，撲上去抱住她的腰蹭啊蹭，咧著嘴笑。

「笑什麼？」杜清檀被這粉妝玉琢的小孩子這麼蹭來蹭去，一顆心由不得柔軟下來。

「我好喜歡姐姐啊，特別特別喜歡。」

「我也很喜歡團團，特別特別喜歡。」

杜清檀揉揉他的胖臉蛋，敷衍地掃一眼字，「姐姐眼花，拿給你娘看。」

團團就很緊張，「姐姐為什麼眼花？是哪裡不舒服嗎？」

杜清檀尷尬一笑，「就是累的。」

小孩子什麼的，她只想逗著玩，並不想陷入陪做作業的泥坑之中。

「那姐姐趕緊去歇著吧！」

團團很懂事的去找楊氏，不期一枚小石子砸在他身上，有點疼，他大叫一聲，「哎喲，有壞人！」

全家都被驚動了，紛紛探出頭來看，只見和王家相鄰的牆壁上扒著個黑乎乎的腦袋。

王草丫尷尬地抓著頭皮道：「是我，我是聽到你們說什麼好吃……」

團團立時緊張得說不出話來，他雖然還小，卻也知道若是被人知道偷吃葷腥會惹禍。

「煮了一鍋春筍粥，往裡頭滴了幾滴油，又蒸了一碗蛋，用才挖的野小蒜拌了個涼菜，確實挺好吃。」

杜清檀平靜自若地描述了一番自家的晚飯，饞得王草丫直嚥口水。

「春筍啊，那可貴了！還有蛋羹？難怪呢，我說怎麼那麼香，到底是有錢了！」

杜家得了一大筆錢的事，左鄰右舍該知道的都知道了。

這不是什麼好事，總會有幾個不知趣的，理所當然上門借錢。

若是拒絕，還要得罪人。

這隨時扒牆頭偷窺的王草丫，就代表了鄰居們的態度，說得好聽些是親近，難聽些就是不知分寸。

常年被偷窺，也是煩人，還很不利於做大事。

杜清檀嘆道：「是啊，有錢了，正商量著還債呢！我一直病著花了不少錢，今日債主就來了好幾撥。」

今天這家裡進進出出的，王家肯定也都聽見了，她就指望他們幫著把這消息傳出去。

「還債!?」王草丫果然很替他們可惜，「那還剩嗎?以後還能吃雞蛋嗎?」

采藍粗著嗓子高喊，「沒剩了!沒剩了!都還債了，還吃什麼雞蛋!」

杜清檀繼續輕言細語道：「草丫啊，我這回算是把蕭家得罪狠了，說不定以後常會有人來使壞。妳以後沒事就在這牆頭上趴著，幫我們看著點兒家啊!」

王草丫還沒反應過來，耳朵已經被她娘擰著轉了一個圈，「哎喲」叫著跌下去，挨了一頓打。

打完之後，王娘子隔著牆喊，「這死丫頭沒規矩，不懂事，妳們別計較，以後不會了。」

采藍小聲道：「我早就想把那丫頭從牆頭上拖下來打一頓了!姑娘家，成天爬牆偷看隔壁，算什麼事!」

杜清檀搖搖頭，笑著入內歇息去了。

這具身體雖比從前強健了許多，到底虧了根本，還得仔細調養。

次日起，采藍和于婆外出採買，路上總會巧遇幾個好奇打聽的鄰居，二人一概只按杜清檀的交待回答。

一是家裡欠了太多債，已經清算得差不多了。

二是杜清檀沒大礙，她做夢遇仙，得了奇遇，學會了食醫之術，大家若有需要不妨來問問。

一點都沒隱瞞給梁王進獻方子的事，為的就是造勢。

王娘子不免把杜清檀給自家兒子治病的事聯繫起來，自動推論並宣揚，「我說呢，怎麼突然就能給我兒治病了，還兩文錢就治好了啊！」

一時間，鄰里議論紛紛，都說杜五娘巧遇仙緣治好了病，並且自己也成了大夫，曉得好些祕方偏方，還說杜蘅其實沒死，是成仙了。

就很離譜，楊氏頗為羞愧心虛，然而看到杜清檀大異於前的舉止，再看看自己就這麼好起來的病，又覺得怕是真的。

反復糾結間，十二叔婆來了，「第二天就寫了信去，很不高興，說是五天之後必須去。」

杜清檀算了一下，五天時間足夠做很多事情了。

十二叔婆就拉著她的手細細打量，「瞧妳這氣色又好了許多！別說，還真神了，我按著妳說的方子熬了蔥白粥，妳叔公真好了，他讓我謝謝妳呢！」

「不用謝，我一直盼望著能為長輩盡孝呢！」

十二叔婆滿意地道：「好好好，五天後，我陪妳們一起去。」

這也是夫妻倆商量好的，不能不管，但男人出面和女人出面不一樣。若是吵起來，男人還能在後頭補救挽回。

楊氏很感激，「不知道該怎麼謝你們才好。」

十二叔婆拉著杜清檀的手不放，笑咪咪地道：「五娘若是再遇到仙人，記得幫我問問，妳十二叔公什麼時候能升官，好些年沒動了。」

杜清檀鄭重允諾，「我記住了，若是再有機緣，一定幫十二叔公問問。」

十二叔婆更加滿意了，「妳這婚也退了，病也快好了，可以另尋一門好親了，有什麼想法？說給叔婆聽聽。」

杜清檀嚇了一跳，她這還沒緩過氣來，怎麼又來了？

楊氏卻是眼睛一亮，立刻拉著十二叔婆往屋裡走，「進去說。」

十二叔婆和楊氏整整聊了小半個時辰，走的時候盯著杜清檀笑了又笑，笑得人發毛。

前腳送走客人，杜清檀後腳就抓住楊氏，「我不嫁人！」

楊氏不以為然，「女子到了年齡都得嫁人，不然就要受罰，妳別被蕭家嚇著了，天下的好男兒多的是。比如妳大伯父，我為何願意為他守寡？自是因為我們情投意合，可惜他福薄。妳爹和妳娘也是極好的，不然妳娘去了那麼多年，妳爹也沒續弦，一直只守著妳過日子……」

杜清檀左耳進右耳出，聽著聽著就睡著了。

這麼一具羸弱纖細的身體，缺醫少藥，還沒肉吃，生存都成問題，還要盲婚啞嫁，給個陌生男人生兒育女，操勞一生，簡直就是恐怖故事。

楊氏拉了被子給她蓋上，默默盤算。

十二叔婆提醒的很有道理，五娘年紀不小，確實不能再耽誤下去，還該相看起來。

若是運氣好，能得一門好親，那就有了依靠，再不怕蕭家搞壞。

至於這被蕭家傷透了的心，全家多勸勸，假以時日總能好起來。

楊氏越想越滿意，遂打算多托幾個人幫忙相看。

又過了兩天，消息逐一傳來。

楊舅父打點了禮物，親自送去楊相府道謝。

楊承沒見他，禮倒是收了。

楊舅父也就把心放下了，當朝宰相肯定是極忙的，沒那麼容易見著。

但收禮，就意味著態度——這件事算是揭過去了。

他出來就和族人反復提及楊相之仁慈公義，就連姻親家的小姑娘都被庇佑了呢！

如此一來，楊相也不好說什麼，誰會嫌美名多呢？

杜清檀聽說，忍不住笑了，楊舅父是個妙人。

朱大郎那邊也有消息傳來，一切順利。

轉眼就到了第五天。

十二叔婆坐著馬車來接她們去杜陵，見面第一件事就是觀察杜清檀的身體健康狀況。

不出意外地又誇她面色變紅潤了，就是太瘦，還需要繼續補養。

「是，每天都吃雞蛋，也有好好吃飯。」杜清檀細聲細氣地應著，顯得格外柔順乖巧。

「多好的姑娘。」十二叔婆卻嘆了口氣，和楊氏咬耳朵，「急不得，到底這事鬧得有些大，她又當眾吐了血，難免有些忌諱，再等等。」

楊氏失望不已。

杜清檀卻是由衷鬆了口氣，身體羸弱倒也並非一無是處，不然難道要她天天抗婚嗎？

杜陵因當地有前朝皇帝陵寢而得名，是本朝文人騷客酷愛的觀光勝地。

杜氏世居此地，族人繁衍百年，聚集成為一個極大的村落。

村子周圍一大片土地，全都屬於杜氏族人。

楊氏隔著車窗指給杜清檀看，「我們家那二十畝薄田就在那邊。」

杜清檀盯著看了好一會兒，也沒認出哪裡屬於自家，畢竟都長一個樣，便道：「稍後辦完事，領我去看看。」

十二叔婆提出建議，「之前不是說想再買些地嗎？正好問問誰家要賣。若能買在一處，也方便妳們管理。」

楊氏深以為然，「就不知道有沒有人願意賣？」

忽見一個半大小子探著頭湊過來盯著她們瞧，看清楚了也不說話，轉過身就往村子裡跑。

十二叔婆就道：「這誰家的，一點規矩都沒有！」

說話間，馬車行到村裡，但見道路兩旁都站滿了人，男女老少都有，對著她們指指點點，竊竊私語。

楊氏看到一個熟悉的宗親，就熱情地打招呼，「八嬸娘，許久不見，您身體好些了嗎？」

上次回來，聽說是病了，如今看氣色，似乎是大好了。

八嬸娘皮笑肉不笑地道：「自然是好了，才有精神出來瞅瞅，這不要宗族的能幹之人長什麼樣子呢！」

楊氏的笑容頓時凝結在臉上。

十二叔婆連忙打圓場，「亂說什麼呢？哪裡就不要宗族了？都是誤會。」

一個少年插嘴嚷嚷道：「誤會什麼？現在外面的人都在嘲笑京兆杜氏族中無人，我們出去，頭都抬不起來！」

「就是！陷宗族於不義，怎麼還好意思回來？」

「有本事姓楊得了，還回來做什麼？」

杜清檀便知，她們這是把人家得罪狠了。

你們這種無依無靠的孤兒寡婦，就該逆來順受才對！

怎麼敢違逆堂堂族長的命令，慢待我手下的首席走狗，還攛掇做官的族人寫信下我的臉面，挑戰我的權威，那是活膩了！

非得讓你們知道族長的厲害不可！

這就是宗族的蠻橫不講理處，縱容強勢的，欺負軟弱的，壓制格格不入的，懲戒不聽話的，外加動不動就煽動族人打群架。

第十一章　沒有證據就出族

楊氏也意識到了，瘦削的臉上呈現出死灰般的顏色來。

饒是如此，她也緊緊握住杜清檀的手，沉穩地道：「不怕。」

「我不怕。」杜清檀反手握緊楊氏的手。

又往前走了一段路，廖管事來了，陰沉著臉站在路中間道：「主君命妳們去祠堂。走著過去。」

楊氏的手便是一顫。

十二叔婆的神色也凝重起來，「何至於此？本是小事一樁，何必興師動眾！」

「宗族名聲豈是小事!?」廖管事高聲厲喝。

上次，他被杜清檀唬住是措手不及，待反應過來，氣勢已被壓制。

此刻是在自家地盤上，當著這麼多族人，當然要找補回來，不然都有樣學樣還得了！

十二叔婆無端受了氣，也把臉死死板著。

楊氏的性子反被激了出來，高聲道：「走就走！我倒要瞧瞧，一群頂天立地的男子漢大丈夫，要把我們孤兒寡婦怎麼辦？難不成比外人還要更凶殘？」

杜清檀舉起袖子掩住口，輕咳幾聲，細聲細氣地道：「大伯母開玩笑呢！我們總不會沒被外人逼死，反而被族人逼死。」

她一開口，圍觀的族人便靜默下來。

說來也奇怪，她看著孱弱，吐字卻很清晰，不疾不徐的，十分沉穩，讓人忍不住屏了呼吸，靜聽她訴說。

杜清檀立刻敏銳地發現了，當即停下來給眾人團團行禮，「都是我的錯，是我福薄，先父早亡，家道敗落，病弱無依，被蕭家嫌棄，強按著非要不按規矩退婚。怪我心高氣傲，沒能認清現實，以為自己還是從前的京兆杜氏女，名門望族的氣節顏面不能丟，故而堅決不從，得罪了蕭家。我本意是好的，只是太年輕，思慮不周，這才拖累了大伯母，拖累了族裡。但是當時我真的太害怕了……」

杜清檀捂著臉哭了起來，「族長一直病著，大伯母也氣病了，團團險些被他們綁走，家中老僕更是被他們打傷，連帶著楊家舅父也被打了個半死，我真的害怕呀！我當時就想著，我認命了，我低頭，只要蕭家放過我們就行。但他家欺人太甚，非要把我拖走弄死，我不甘心，這才順勢向楊相公求救！諸位宗親，換作你們，你們又會怎麼做呢？」

眾人聽著，面色漸漸和緩下來。

瀕臨絕境而求救，是人的本能，倒也不能完全怪她。

廖管事一看不好，連忙道：「族老們還等著呢！有什麼去祠堂裡頭說，在這哭哭啼啼的，不像樣！」

楊氏怒目而視，高聲道：「你算個什麼東西，不過奴僕罷了！」

「大伯母，算了。」杜清檀不讓楊氏吵，「是族長讓廖管事這樣做的，我們聽著就是了。」做大事者，實在不必與無關緊要的阿貓阿狗糾纏不休。

她不疾不徐地走著，故意說道：「其實此事之所以能成這樣，還因為我有奇遇。只不好讓族老們久等，稍後到了祠堂我一併細說。」

族人們本就難得有熱鬧看，聽這麼一說，更是好奇不已，全都跟在後頭不肯散開。

他們自己都沒有意識到，經過這麼一番折騰，對楊氏和杜清檀的敵意已經淡了很多。

有人注意到，杜清檀的身體並沒有傳說中那麼糟糕，便問道：「五姪女，妳真吐血了嗎？」

「吐了，差點兒就死了，但現在已經好了很多，這都要感謝我那個奇遇。」

「是什麼奇遇啊？」

這回很多人都追著問。

杜清檀就是不說。

十二叔婆也不說，輕蔑地看著一群無知之輩，頗為得意。

就這樣，一大群人浩浩蕩蕩地走到了杜氏宗祠外頭。

杜清檀看著那黑漆漆的大門，正想跨進去，就被人攔在了外頭，「就在這站著！」女人不配出入宗祠。

杜清檀抬起頭來，沉默地看向前方。

透過幽深的門洞，光影交錯的房屋深處坐著七個男人。

居中一個頭髮花白，有兩道深刻法令紋的，就是人稱七叔公的族長杜科。

兩側分別坐著六個男人，年齡都不小了，其中一個坐在杜科左側上首的，已是鬚髮皆白。他半垂著頭，把玩著一枚小小的玉石印章，彷彿對這件事並不怎麼感興趣。

其餘人等各自保持著威嚴，都在打量杜清檀和楊氏。

廖管事可得意了，跑進去道：「主君，罪人楊氏、杜五娘帶到！」

還罪人？楊氏氣死了。

這是審犯人呢？她這輩子就沒這麼恥辱過。

楊氏正想上前反駁，就被杜清檀握住了手臂。

「不要急，聽他們怎麼說。」

杜清檀瘦削的背脊挺得筆直，下頷線繃得極緊，眼神燦若寒星，整個人透著一往無前的銳氣。

如果這是一場比賽，她已經做好了準備。

杜科使了個眼色。

「罪人還不跪下！」廖管事一聲斷喝，膽子小的孩子被嚇得哭了起來。

楊氏和杜清檀站得穩穩的，並沒有要屈從的意思。

杜科又使了個眼色。

兩個粗壯的婆子走上來，抓住楊氏和杜清檀的手臂，準備把她們放倒。

「慢著。」杜清檀抬手擋住婆子，「七叔公為何稱呼我們為罪人？」

「呵～」坐在陰暗深處的杜科從喉嚨深處發出一聲諷笑，並不屑於回答她的問題。

又是看門狗廖管事發聲，「聽好了，第一，自作主張、隱瞞虛詐，陷宗族於不義。第二，自私自利，假借祖傳祕方之名向梁王獻方，置宗族生死於不顧！」

果然拿她向梁王獻祕方的事說道了！

杜清檀朗聲道：「我不認！」

不等她辯解，廖管事已經厲聲道：「還敢狡辯！宗祠之中，族老面前，豈容妳如此喧譁無禮！」

七叔公這會兒才開口道：「諸位，你們都看到了，這般桀驁不馴，冥頑不靈，無視宗族，該怎麼處置啊？」

坐在最末尾的一個胖族老道：「小姑娘家不懂事，打十鞭給個教訓，認個錯，叫她以後不敢再犯就是了。」

族裡教訓犯事族人的鞭子，是特製的牛皮鞭，常年泡在水裡，一鞭子下去能帶起一層皮肉。

青壯年男子挨上十鞭，也要奄奄一息。像杜清檀這種弱不禁風的小娘子，一鞭子就能打個半死，再發點高熱，命就沒了。

竟然是絲毫不問經過，不許辯解，就這麼輕易地定了罪！

十二叔婆急了，高聲喊道：「自家骨肉，哪有上來就喊打喊殺的，這孩子重病初癒，可禁不起折騰啊！」

楊氏母雞似地把杜清檀護在身後，悲憤地道：「你們這是幫著蕭家把自家孩子弄死嗎？」

一提到蕭家，杜科就彷彿被戳到了命門，厲聲喝道：「竟敢誣陷，給我掌嘴！」

杜清檀反手把楊氏護到身後，平靜地道：「我也要問，七叔公收了蕭家多少錢？我遇事時百般躲避不肯相幫，現下又替蕭家出氣，百般折辱殘害我們，你姓杜還是姓蕭？」

「反了反了！這忤逆不孝，黑白顛倒的東西！」杜科氣得鬚髮亂抖。

廖管事一個箭步衝過去，獰笑著掄起巴掌，朝著杜清檀臉上搧下去。

本以為這一掌怎麼也得把杜清檀搧飛，不想竟然落了空。

廖管事驚愕回頭，只見杜清檀站在一旁，微側著頭，黑色的眼珠子冰涼涼地瞅著他，「嗖」的一下，一隻小巧的拳頭飛過來。

他的右邊側臉挨了狠狠一擊，無數金色的星星在眼前跳了出來，他還沒來得及發聲，已經砰的一下摔倒在地了。

世界瞬間陷入寂靜。

片刻後，有很多聲音潮水般湧入他的耳朵，嘈嘈雜雜，聽也聽不清楚。

他晃晃腦袋，想要掙扎著爬起，卻又支撐不住，再次摔倒在地。

一雙淡青色繡蘭花的鞋子停在他面前，忽大忽小的女聲在頭頂響起，柔柔弱弱的，「我替七叔公教訓沒規矩的家奴。」

眾人震驚地看著杜清檀，纖細柔弱的小姑娘，膚白貌美，神態安寧柔和，甚至有些楚楚可憐。

若非親眼所見，誰能相信她竟會出手打人！

並且是一擊得中，把廖管事這麼個壯年大漢，就這麼輕而易舉地打翻在地，許久爬不起來。

一直低著頭把玩印章的族老終於抬起頭，瞇著眼睛，透過幽深的祠堂，看向立在外面的杜清檀，再把眾人的反應一一看在眼裡。

陽光從上面灑下來，把穿著樸素的小娘子包裹其中，彷彿整個人都在發光。

她四平八穩地站在那裡，不驚不懼，不鬧不哭，頗有——大將之風。

是那種見過許多大場面，一般的小事已經無法撼動她的那種沉穩和霸氣。

難怪能讓蕭家打落牙齒和血吞。

真沒想到，族裡竟然出了這麼一個奇女子！

他笑了起來，看向臉部肌肉已經猙獰到扭曲的族長杜科，「真有意思。」

杜科才從驚愕中清醒過來，正醞釀著準備對杜清檀實施下一輪打擊，突然聽到了這句話。

接著就見鬚髮皆白的族老笑著站了起來，「看來咱們杜家要出一個了不起的女郎了！當今聖人是女人，她早就說過，女子未必不如男。但我還是覺得可惜，小五娘只差不是兒郎，否則杜氏一門的希望說不得要落在她身上了。」

他年紀雖大，聲音卻很洪亮，在場所有族人都聽清楚他說的話了。

眾人面面相覷，竊竊私語，「九叔祖這是什麼意思？」

杜科的臉色凝重起來，警惕地盯著九叔祖，緩緩道：「九叔，你是覺得五娘忤逆不孝、輕慢宗親、黑白顛倒、不顧家族是對的？」

「倘若她真有這些行徑，自是不對。但即便衙門提審犯人，也該允許她自辯，弄清來龍去脈再下定論，如此才算合理合法，才能服眾。國法家規，可不是上下嘴皮子輕輕一碰就能算的。」

杜科冷笑，「你是要護著她了？」

「我護的是國法家規。」九叔祖負手而立，擲地有聲，「杜氏百年門閥，靠的是詩書規矩立家，否則根基損害，世間將再無京兆杜氏！這次是蕭家，下次還會有張家、李家！杜家的女娘得不到宗族護佑，在夫家怎麼立足？杜家的男人又有什麼顏面敢稱大丈夫！我看是這些年來，杜氏低頭太久，凡事忍讓太過，導致其他人家都不把我們放在眼裡，才出了這樣的事！」

族人們暗自點頭，小聲議論起來。

楊氏紅著眼睛道：「總算來個明白人了，就是這樣的道理。」

十二叔婆也道：「這才是大家族長久興盛的根本！」

杜清檀半垂著眸子，微不可察地笑了一下。

這個人找對了！

這位九叔祖，要比族長杜科還大一輩，原本的族長人選該是他才對，卻因他家兒子捲入駙馬謀反案中，不得不退讓一步。

那樁案子已經過去很多年，早就沒了影響。

可惜機會一旦錯過，就很難再回來。

這些年來，九叔祖一直屈居杜科之下，頗不甘心。

奈何杜科一直防著他，把族長之位攥得緊緊的，雖然做事平庸無能，常被詬病，卻也沒有大的紕漏給他抓住。

加上杜科經營多年，用利益綁了一群支持者，他也只能裝聾作啞，凡事不肯輕易出頭。

但這次不一樣了，蕭氏與杜氏退親，驚動梁王、當朝宰相，整個長安城鬧得沸沸揚揚，就成了可以動搖族長根基的大事件。

這也是杜科反應如此激烈的原因之一。

他激動地站起來，指著九叔祖道：「你是在指責我嗎？事情變成這樣，難道不是楊氏和五娘目無宗族，自作主張造成的？」

九叔祖沒有說話，背負著手，靜靜地看著杜科。

另一個瘦瘦的族老站起來拉架，「老七，別急，再怎麼生氣，規矩和孝道還是要講的。不管怎麼說，九叔也是咱們的長輩，這太無禮了。」

杜科氣得半死，陰沉沉地瞪著瘦族老道：「三哥也覺得是我處事不公？所以要幫著九叔對付我？」

三叔公道：「就事論事，怎麼會是對付你呢？老七，不是我說你，你有些偏頗了。」

杜科冷笑著掃一眼九叔祖和三叔公，飽含威脅地看向其餘幾個族老，慢條斯理地道：「你們幾個怎麼看？」

胖族老是他的人，自然要幫他說話，「七哥自來處事公允，你們不能因為梁王和楊相公幫了五娘，就要顛倒黑白亂說話。」

七位族老，已有四人分了對立兩派，就看餘下三人怎麼站隊了。

楊氏很緊張，宗族裡頭這些權利紛爭，其實也和外面差不多，拉幫結派，利益最大，所謂公正不過是遮羞布。

杜清檀倒是不怎麼著急，平靜地看著戲。

這個時候，廖管事終於掙扎著爬了起來。

他頂著半邊紫紅的腫臉，咆哮著準朝杜清檀撲去。

杜清檀面無表情地又給了他一記左勾拳，再次把他打翻在地。

楊氏終於從族老吵架的激動中回過味來，震驚地指著她，「妳這……」

杜清檀輕輕頷首，「也是從夢裡學來的。」

至於之前和獨孤不求說的，那什麼從書裡學來的藉口，見鬼去吧，下次再圓回來。

「這……」楊氏一顆無處安放的心終於平靜下來，事實擺在眼前，由不得她不信。

十二叔婆很欣慰，「真沒想到我身邊也有人遇仙呢！快看，裡頭吵起來了。」

七位族老中餘下的三人裡，又有兩個人分別站了隊。

現在是三比三，還剩下至關重要的一人沒有表態。

這位族老是年紀最小的，人稱十九叔公。

但其實，據杜清檀所知，他只比她和團團大一輩，她該稱其為十九叔。

只是宗族裡頭有種怪現象，很多時候不以輩分相稱，只看權勢身分地位。

身分地位低微的，為了表示尊敬討好，明目張膽地跟著兒子、孫子喊自己的小輩為長輩，還喊得挺響亮挺親熱。

十九叔為難地捋著自己的鬍鬚，「都是長輩，我好為難。不過總得有個結果，這事吧……，光靠嘴說是不行的，得看事實。先讓五娘把事情經過說清楚，然後再說族長不作為，拖延包庇蕭氏的事。這得有人證物證，之前都說了，族長是生了病，並非故意為之。」

楊氏心中一緊。

去哪裡找杜科裝病拖延，幫著蕭家不管事的證據證人？

若是找不到，就變成了杜清檀誣衊族長，是要挨家法的！

果然，眾人又小聲議論起來。

杜科得意洋洋、陰陽怪氣地道：「不是說老夫收了蕭家的錢嗎？一併找出證據來吧！若是找不到，哼！」

楊氏著急起來，「這可怎麼辦才好？」

十二叔婆更是怪杜清檀，「妳這孩子到底年幼不知事，只顧著出氣不考慮後果，怎能亂說話呢？」

杜清檀絲毫不慌，「若是我胡說八道，不知七叔公打算怎麼懲罰我？」

杜科恨聲道：「似妳這般品行卑劣之人，杜氏廟小容不下，以後妳愛去哪兒就去哪兒，與杜氏再沒有任何關係了！」

這意思就是要把杜清檀出族！

世人最重宗族出身，若被出族，就成了無根之人，這一輩子都毀了，要被歧視欺負一生，死後不能葬入祖墳，也是孤魂野鬼。

這是很重的懲罰，非十惡不赦之人不能被出族。

且被罰的多是男子，極少有女子被如此對待，因為一般都被直接逼死了。

杜科肯定不能因為這個事就讓杜清檀去死，但將她趕出宗族，也相當於是要逼死她。

族人們又是一陣議論，有幾個站得距離杜清檀比較近的，還趕緊離得遠了些，彷彿她是什麼洪水猛獸，沾染不得。

「若我因為氣急說錯話，就成了品行卑劣之人要被出族，那麼七叔公身為全族之典範，果真做了辜負族人，吃裡扒外的事，又該如何自處呢？」

這就很大膽了！

小小孤女，竟敢挑釁族長。

除非是吃了熊心豹子膽，再不然就是手裡真有證據。

風向立刻又變了回來。

眾人驚疑不定地看著杜科，覺得他怕是真的做了這種事，並且落了把柄在杜清檀手裡。

「可笑！」杜科的臉色陰晴不定，眼裡似要噴出火來，只是礙於身分，不好直接手撕了杜清檀。

胖族老立刻跳了出來，「真是亂了規矩了！倘若哪個被罰的都似這般衝著族長挑釁叫囂，還怎麼辦事？七哥，不必理睬這無知蠢婦！」

九叔祖自然持不同意見，「族長不好當啊，必須率先典範的。老七若是無辜，自不必害怕，回應她又如何？」

最後這句話，充滿了惡意。

不回應，就是心虛，就是做了惡事。

杜科的掌心裡冒出冷汗。

蕭家確實和他打過招呼，希望他不要因為這麼一個沒有前途的病弱孤女，影響了兩族的友誼和情分。甚至還允諾，若是蕭七郎因此受惠，他那個正在念書的聰明孫子，或許能進國子學就讀，今後定然前程似錦。

但是，此事實屬機密，蕭家不可能洩露出來，杜清檀也不該找到證據，多半是訛詐。

杜科盤算片刻，硬著頭皮冷笑道：「我若果真受了蕭家賄賂，做了吃裡扒外，對不起族人的事，便叫我再不能做這族長。」

「僅此而已嗎？」杜清檀窮追不捨。

「不然妳還想怎樣？難不成妳還想讓我去死不成？」

「我又不是官府，並沒有隨意殺人的權力。」杜清檀將碎髮捋到耳後，輕描淡寫地道：「我可以因言獲罪，被出族；你背叛宗族，殘害無辜族人，也該被出族。」

話音剛落，就聽有人高聲叫罵，「杜清檀，妳這個惡毒的小賤人，有娘生，沒娘養，害了宗族名聲和未婚夫婿還不夠，又來這裡害人，今日我們就替妳父母管教妳！」

三、四個婦人從人群中走出，朝著杜清檀包抄過來，為首那個身高體胖，氣勢洶洶，面目猙獰。

是杜科家的幾個兒媳婦，男人們不好下手，就輪到她們上臺了。

畢竟失去族長之位，不但全家名聲受損，失去的還有權勢與財富。

楊氏一看不好，趕緊道：「五娘，快跑！」

杜清檀卻從袖子裡拿出一把短刀，丟掉刀鞘，挽個刀花，以迅雷不及掩耳之勢，狠狠刺入廖管事的大腿。

「啊——」廖管事慘叫一聲，從眩暈中清醒，又從清醒中陷入眩暈，徹底爬不起來了。鮮血沿著他的褲管，一直流到地上，刺眼奪目。

婦人們被嚇傻了，齊齊往後退了一步，緊張地看著杜清檀，甚至忘了罵人的詞。

杜清檀不疾不徐地拔出短刀，再不疾不徐地將眾人掃視了一圈，「我雖體弱，卻也可以順便帶走一個，誰來？」

「妳，妳，妳好大膽子！」杜科氣得發抖，「還不趕緊把她拿下！妳們在等什麼？」

「當然是等九叔祖主持公道。」杜清檀對著九叔祖深深拜倒，「九叔祖，七叔公身為族長，不能以理服眾，更不能秉公執法，反而利用權勢，當著全族人的面，當著列祖列宗的面，縱容家中女眷欺凌孤女。這不是心虛害怕，狗急跳牆，想要胡攪蠻纏，混淆視聽，殺人滅口嗎？這樣的人不配做杜氏的族長！」

九叔祖嘆了口氣，「老七啊，看你這事鬧得實在太難看。我本想著，你若知道悔改，為了家族名聲，有些事能掩蓋也好……」

「可惜有些人不見棺材不掉淚！」三叔公與他一唱一和，「要證據是吧？我這裡剛好有個證人！黃二郎，你出來！」

一個佝僂著背，瞎了一隻眼的男僕低著頭走了出來，不安地站在人前，使勁絞著自己的手指。

他是杜科家看門的人。

大戶人家的門戶很重要，來來往往的事總是瞞不過門房。

杜科看到黃二郎，細密的冷汗瞬間爬滿了額頭、後背、手心、腳心。

但是，為什麼自家的奴僕，竟然會背主？

第十二章　從雲端直落地底

所有人都很疑惑，為什麼黃二郎會背主？

杜科的小兒子喊了出來，「吃裡扒外，忘恩負義的狗奴才！怎能被人三言兩語，金銀收買就敢誣衊陷害主君！你若懸崖勒馬，便既往不咎，還不速速退下！」

就有他家的奴僕上來抓人。

黃二郎驚慌地躲避著，大聲喊道：「我沒有誣衊，讓我把話說完！」

九叔祖威嚴地道：「若是沒做見不得人的事，為何不讓他把話說完？」

三叔公把手一揮，就有人上來護住了黃二郎。

杜科凶狠地盯著三叔公和九叔祖道：「你們是一定要與我為敵了？」

「我是在替七姪兒洗刷清白，莫非，你不想要？」

「黃二郎，快說！」三叔公一聲斷喝。

黃二郎跪伏在地上，大聲道：「小的親眼所見，楊娘子初次來訪，主君剛好不在。待到回來，蕭家也派了人來，帶來兩匣子禮，很沉，不知是什麼。主君稱來人為蕭三，對他很是客氣，閉門密談許久，又親自送出大門，還說讓他放心。之後楊娘子再次來訪，主君裝病，不肯出面討回公道。小的聽見家裡人說，十一郎很快就能去國子學讀書了，一家子都很歡喜。這件事家中奴僕都知道，一問便知小的是否撒謊。五娘與蕭家退婚後的當天夜裡，那位蕭三又來了，直至次日清晨才悄悄離開。他前腳剛走，主君便派了廖管事去找楊娘子和五娘，要她們立刻來族裡說清楚。」

杜清檀點點頭，「這就說得通了，退婚之事發生在申時之後，時辰已經不早，夜裡要關閉坊門、城門，人不能隨意走動。我們與杜陵隔著這麼遠，消息傳得再快，也不至於當天夜裡就傳到族中，再讓廖管事一早就趕來威逼恐嚇我們。」

十二叔婆也道：「確實，我接到姪兒媳婦的信，不過午後。可見廖管事去得極早，這不合常理。」

「轟」地一聲，人群炸了。

居然是真的！

誰能想得到，堂堂杜氏族長，居然胳膊肘往外拐，幫著外人欺負族裡的孤寡。

這種族長不趕緊弄死，難道還要留著過節嗎？

「他胡說八道！沒有的事！」杜科眉毛鬍子一起亂飛，憤怒地指著黃二郎，「黃二，他們給了你多少錢？讓你這樣誣衊我！你忘了是誰把你養大的？」

黃二郎抬起頭來，獨眼裡閃著幽冷的光，「主君，懸崖勒馬吧！小人雖是外姓，卻自小在杜氏族中長大，視杜氏為家。看到你為了讓十一郎去國子學讀書，不惜背叛宗族，與蕭氏一個鼻孔出氣，哄騙打壓孤兒寡婦，實在很為有這樣的主人不齒！」

九叔祖長嘆一聲，「國子學，必須三品以上官員子孫方能入學。太學，必須五品以上官員子孫才能入學。只要能進這兩處讀書，科舉就算踏入了一隻腳。老七家裡沒有官職品級，十一郎又出眾，難怪你會動心。」

這話，相當於把杜科的罪定死了。

「你們陷害我！」杜科當然不服，「九叔，我早知道你想做族長，直說啊！我不是不肯相讓，為何要用這樣見不得人的惡毒手段？」

九叔祖卻不理他了，只問圍觀族人，「孰是孰非已經很清楚，諸位宗親以為如何？」

三叔公嘆道：「今日是五娘，明日說不定就落到誰身上，當真讓人膽寒不齒！」

被這麼一挑，眾人肯定寧可信其有，不可信其無。

當下群情激奮，「他才是罪人，讓他下來！」

「杜氏之所以被人這麼欺負，就是因為他！」

「對，請九叔祖做族長！」

九叔祖非常滿意，轉頭看向其餘幾位族老，「你們怎麼看？」

十九叔立刻給他行禮，「見過族長。」

「九叔，就是您了！」三叔公樂呵呵的，「杜科當了這麼多年的族長，諸事肯定都被敗壞了！非得您這樣正義擔當的長輩主持大局不可！」

其餘幾人也紛紛點頭附和，唯獨胖族老沉著臉不肯表態。

九叔祖就道：「若不想做族老，可以請辭，不必為難。」

不做族老，豈不是更吃虧了！

胖族老毫不猶豫地拋棄了杜科，認了九叔祖這個族長。

杜科臉色慘白，看看得意的九叔祖，再看看外頭對著他指手畫腳的族人，眼睛往上一翻，暈倒在地。

他家兒孫見狀，一窩蜂地圍上來，七手八腳把人抬走。

九叔祖也不阻止，只命三叔公和十九叔，「帶幾個年長穩重的宗親，一起去老七家裡，把族長印信以及族中帳簿一併封了取來，我們現場查帳。」

三叔公一聲召喚，十多個宗親站了出來，甚至不等杜科家裡的人，氣勢洶洶地先往他家封帳去了。

杜科手腳一抖，這回是真的暈了。

楊氏看得目瞪口呆，原本只想著能說清楚就好，誰能想到竟然扳倒了族長，且還鬧得這樣大！

杜清檀卻是蹲下去，一刀割下廖管事的袍腳，在他大腿傷處利索地紮了個結，再順便在他衣服上擦淨短刀，起身道：「九叔祖，還請您安排人給他治個傷，或許他知道很多事呢！」

「好。」九叔祖當即安排人把廖管事抬下去，再當眾宣佈了有關這件事的結論。

一是杜科背叛宗族，除去族長之位外，當受刑罰二十鞭，其子孫三代不許參與宗族事務管理。

二是等到帳目查清，若有貪汙挪用之事，當罰沒家產以補齊，再按族規打二十鞭。

三是杜清檀與楊氏無辜受累，族裡應當給予一定財帛補償，並為她們恢復名譽。

九叔祖和顏悅色地詢問楊氏和杜清檀，「可還滿意？」

楊氏非常滿意，連聲道謝。

杜清檀也滿意，把杜科出族是不可能的，說到底只是道德層面的事，不曾殺人放火、十惡不赦。

讓他子孫三代皆不能參與宗族事務管理，已相當於把他家降為杜氏族中最低等的存在。

比之最窮、最沒前途的孤寡還不如。

從雲端直落地底，足夠讓人癲狂瘋魔。

比她之前設想的結局完美太多。

「既然滿意，此事到此為止。」九叔祖收了和氣，嚴肅地道：「五娘隨我來，我有話要問。」

杜清檀便隨九叔祖去了祠堂偏廳。

「妳坐那裡。」九叔祖隨意指向面前的矮榻。

杜清檀低眉順眼地坐了，與剛才揮拳揍人，拔刀殺人，牙尖嘴利的樣子判若兩人。

九叔祖盯著她看了許久，神色嚴厲，目光犀利。

若是普通的少女，早就承受不住這樣的重壓。

然而杜清檀穩重如老狗，坐下去就沒動過，就連睫毛都沒抬起來過。

這不是遲鈍，而是滾刀肉。

九叔祖無可奈何，只好率先開口，「妳從哪裡學來這些手段？獻給梁王的方子又是怎麼回事？」

這些事情都是繞不開的，不可能回避。

杜清檀將早就想好的那套說辭說了一遍，然後歪著無辜的小腦袋，信賴地看著九叔祖，「我當時就告訴大伯母了，但她不肯相信。九叔祖如此睿智，或許可以為我解惑。為什麼別人沒有遇到，就我遇到了？」

九叔祖沒那麼好騙，然而當朝求仙遇仙之說是如此深入人心，加上誰也想不到，一個養在深閨的病弱女子，竟會知道這麼多難以想像的事物，且邏輯完美，由不得他不信。

從家族利益來說，接受遇仙之說是最妥當的，對大家都好。

「或許是妳父親放心不下妳。」九叔祖很愉快地接受了這個事實，只是免不了批評，「妳這一言不合就揮拳揍人，再不高興就拔刀殺人的行為要不得，會敗壞妳的名聲。」

「我也知道不好，但當時我是真被逼急了，不知該如何是好？」杜清檀低頭摳手，像個誠心認錯的小孩，「以後還請九叔祖多教教我。」

九叔祖拿她沒辦法，只好道：「以後打算怎麼辦？」

「還沒想好。」杜清檀對於不熟悉的人，向來有所保留。

「搬回來住吧！」九叔祖替她下了決定，「蕭家絕不會善罷甘休，搬回來由族裡護著，最為穩妥。」

倒也行。

杜清檀正想答應，九叔祖又道：「妳的終身大事也不用擔心，我自會替妳安排妥當。」

什麼!?杜清檀瞪圓了眼睛。

果然是因為律法有規定，女子年過十五而不嫁，便要刑罰，所以大家都爭先恐後想把她嫁了？

九叔祖挑起眉毛，「妳不樂意？」

「很樂意的呀，我這是激動的。」杜清檀趕緊低下頭去，作羞怯狀，「是沒想到，九叔祖這麼好，若是早些認識您，我們也不至於這麼艱難。」

來唄！

來一個殺一個，來一雙殺一雙。

多折騰幾回，且看還有哪個命硬不怕死的敢娶她。

九叔祖對杜清檀的表現還算滿意，當即又把楊氏叫來說了同樣的話。

楊氏自是求之不得，只是考慮到團團讀書的事，不免有些擔心，畢竟族學並沒有十二叔公家裡的私塾好。

九叔祖也理解，「回去好好想想，決定了再告訴我。」

楊氏彬彬有禮地表示感激，九叔祖也彬彬有禮地表示包容，這回真是大家族受過教育的，言辭舉止都很雅致。

正雅致著，冷不丁聽到杜清檀道：「九叔祖，您之前說要補償我們，不知會給什麼呢？」

華而不實的東西不能要。

九叔祖很是無奈地嘆了口氣，「妳想要什麼？」

「我想要地。」杜清檀也不拐彎抹角。

好地都在豪強權貴手中，再不然就在宗族手裡把著，孤兒寡婦想要買塊好地並不容易，有這個機會，當然不能放過。

九叔祖也不意外，「我還要和族老們商量，妳們回去等消息。」

杜清檀又不好意思地小聲道：「我從蕭家那兒也得了些賠償，還了欠債之後還略剩一些，若是方便，可否幫我們買一點地？」

九叔祖不置可否地打發她們離開，因為三叔公那邊派人來請他去杜科家裡走一趟，顯然是查出了不該有的事。

彼此都沒提朱大郎，也沒提扳倒杜科這件事。

照舊還是坐馬車回去，路上遇到的族人都熱情了很多。

甚至有人想問杜清檀要方子治病，被十二叔婆給擋了，「才經過這麼大的驚嚇，哪有心思看病？下次再說。」

族人是沒看出杜清檀有被驚嚇的痕跡，但話已經說到這份兒上，也只好離開。

弄得杜清檀頗遺憾。

出了村落，這才清靜了。

十二叔婆眉飛色舞地講閒話，「當初杜科養著黃二郎那麼個殘廢做門房，誰不誇他仁善？卻沒人知道，黃二郎的眼睛是被杜科的小兒子打瞎的。一大把年紀了，也沒人願意嫁他，旁人早就兒女成群，他卻無人送終。且杜科家的娘子當家勤儉，因為他沒成家，就不肯給月錢，只供一日兩餐與衣裳，卻也不是每年都做新衣的。說是做門房，其實什麼髒活累活都在做，他過得不好，心裡肯定是怨恨的。被人尋著，願意給錢、給妻子、給住處，怎麼還不肯？」

說到這裡，十二叔婆有些尷尬地住了口，掩飾地笑道：「我也不是說誰收買黃二郎，就是想說做了壞事總會有報應的。」

楊氏很是善解人意地道：「對，多行不義必自斃。」

「沒錯，就是這樣。妳看看，自從五娘夢中遇仙，你們家的氣運就越來越好了，以後必然是要享福的。」

「托您的福。」楊氏沒敢說九叔祖讓她們搬回來的事，就怕因此失了在十二叔婆家附學的機會。

杜清檀和楊氏在永寧坊門那兒下了車，步行歸家。

想想這幾日的遭遇，楊氏不勝唏噓，「這些日子以來，就像做夢似的。」

「人生如夢，夢如人生嘛！」

「這話有道理。」

這個時候的楊氏並不知道，以後她會更知道人生真的像做夢一樣，無法控制的那種。

二人一邊走，一邊和鄰里打招呼，大家都很驚詫，「五娘好得真快！」

杜清檀昂首挺胸，驕傲得不得了，「是啊！」

忽聽不遠處有人大聲喊道：「杜清檀！杜五娘！」

是個陌生男子的聲音。

杜清檀和楊氏齊齊回頭，只見街邊樹蔭下站著蕭七郎。

他獨自一人站在那裡，旁邊樹上拴著一匹馬。

人和馬一樣光鮮，就是臉色很不好看。

「那是蕭七郎？」楊氏認出人，臉色就很難看了。

「是他。」杜清檀收回目光，繼續往前走。

「五娘！」蕭七郎跑了過來，微喘著氣攔在她前面低聲道：「我給妳帶了人參補養身子，妳有沒有好一點？」

精緻華麗的錦匣送到杜清檀面前，五彩繽紛的晃人眼睛。

她沒接，因為楊氏搶先攔住了，「哪裡來的登徒子，就敢當街送小娘子東西，趕緊走人！」

蕭七郎還記得楊氏，紅著臉小聲道：「大伯母，我是蕭家七郎啊！」

楊氏笑了起來，刻意扯開嗓子喊道：「原來是蕭家七郎啊！你看，自從五娘的爹過世，我就再沒見過你，這都好幾年了，認不出來啦！你快別亂叫，當不起。」

旁觀的街坊鄰居就都意味深長地笑了。

有那好事者，故意追問道：「為何好幾年沒見呢？難不成定了親事，四時八節都不走動的？這不合規矩禮節啊！」

「或許是蕭家的規矩吧！」

「後悔了，看不起，想另攀高枝兒！」

眾人指指點點，絲毫不顧蕭七郎的臉面，就怕他聽不見。

蕭七郎的頭越垂越低，脖子都紅透了。

「蕭七公子，還請你速速離開此地，休要再來糾纏我們五娘！否則你那夜叉似的母親知曉，又要動用雷霆手段殘害我家。我們小門小戶，承受不起，快走！」

「五娘……」蕭七郎眼看著杜清檀離開，忍不住又追上去，小聲哀求，「我錯了，我娘做的那些事我一直都不知道，我之前只顧著念書搏前程去了。」

杜清檀淡淡地道：「知道了。」

不過是少年人的不服輸罷了，他以為從哪裡摔倒，就該從哪裡爬起來，然後就能回到從前。

真是天真啊！

蕭七郎見她態度溫和，不禁燃起希望，「五娘，妳那天吐了那麼多血，我擔心得一夜沒睡，本想尋了大夫送來，但我家裡人不許我出門，真的！」

杜清檀相信他的話，因為如果她回來就死了，他這輩子就完了。

「知道了，回吧！」她現在心情好，並不想和人起紛爭。

蕭七郎卻看不懂她的敷衍和不耐煩，追著她不停地道：「我今天一路尋訪至此，聽說妳已經大好，特別高興。」

杜清檀開始煩躁，她撩起薄薄的眼皮子，冷冰冰地看著對方，「所以呢？」

這般不會看眼色，實在太不懂事了！

蕭七郎見她玉白的臉上突然迸出冰霜之色，眼神更是惡狠狠的，先就嚇了一跳，訕訕地道：「我……能不能，原諒我？咱們的婚事還繼續？」

「不能！」杜清檀一把推開他，昂首挺胸地往前去了，「再敢跑來我家，我就把你綁了送到你娘面前，使勁臊她的臉！」

她的聲音照舊細細柔柔的，就是內容特別無情，特別難聽。

蕭七郎眼睜睜看著她纖弱的背影走進大門，再看著那扇大門朝他狠狠關上，原本鮮紅欲滴的臉瞬間慘白。

為什麼他已經低頭認錯求和，表示願意和她繼續婚約，她還是不肯原諒他？

所有人都知道，她不會找到比這更好的婚事了。

「小娘子氣性大，只跑一次哪裡能成？非得拿出水磨工夫，跑上十次八次，送吃的穿的用的，樣樣精美，不管她怎麼打罵都要笑臉相迎，這才能夠讓她回心轉意啊！」

戲謔的聲音響起，獨孤不求那張討打的笑臉驟然出現在他面前。

「你怎會在這裡!?」蕭七郎嚇了一跳，跟著就開始酸溜溜，目光在獨孤不求臉上來回逡巡。

難不成這二人有點那什麼？

杜清檀這麼堅決地不要他，是因為看上這個小白臉了？

「大路朝天各走半邊，我怎麼不能來這裡？」

獨孤不求抱著手臂，慵懶地看著蕭七郎笑，肆無忌憚地將他上下打量了一番，意味不明地撇撇嘴角，很不屑的樣子。

蕭七郎被看得難受，想到之前的事，由不得新仇舊恨一起湧上心頭，丟了人參就去撈腰間掛著的劍。

他要狠狠教訓這個討人厭的獨孤不求！

不想，手撈了個空。

「蕭七公子是在找這個嗎？」獨孤不求將一把鑲金嵌玉的劍遞到他面前，特別招人恨地歪著頭道：「是不是想砍我啊？」

蕭七郎如鯁在喉，羞憤莫名。

這劍一直掛在他腰間，什麼時候丟的都不知道！

「噯，真是個沒長大的乖寶寶。看你，都快哭了！是不是你娘不在，有點害怕？」獨孤不求伸出手去，輕慢地拍了一下他的臉，「嘖」了一聲，把劍扔到地上，「回去吧！等會兒你娘就找來了！」

蕭七郎惱羞成怒，「我要和你……」

「七郎！我的兒，你怎麼跑到這裡來了？」一聲焦急的呼喚打斷了他的話。

裴氏帶著奴僕匆匆趕到，不由分說就要拉他回家。

獨孤不求曖昧地笑了起來。

蕭七郎無地自容，只覺所有尊嚴和臉面都被丟光了。

他用力推開裴氏，冷聲道：「我不要妳管！」

再看一眼杜家緊閉的大門，飛快地跑了。

「快跟上去啊！」裴氏猝不及防，被推得閃了肥腰，扶著腰哎喲哎喲的喊。

忽聽身後門響，楊氏站在門前冷聲道：「裴夫人，人貴自重，還請管好自家兒子，休要再來糾纏我家五娘！他不要臉，我們還要臉呢！否則我一定告知宗族，與蕭氏沒完！」

裴氏一張臉氣成豬肝色，指著楊氏說不出來話，「妳，妳……」

楊氏得意地抬高下巴，「忘了告訴妳，杜科那個吃裡扒外的東西自今日起，不再是杜氏族長。新任族長說了，以後府上再敢糾纏不休，他必然率領族人登門討要說法，請自重！」

「砰」的一聲悶響，門又被關上了。

裴氏何曾受過這般羞辱？氣得緊緊抓住胸前的衣襟，瞪圓了眼只管大口喘氣，半晌才恨恨地道：「我們走！」

蕭家人落荒而逃。

楊氏狠狠出了一口惡氣，先是靠在門上笑，跟著就捂住眼睛無聲地流了淚。

獨孤不求在門口靜立片刻，轉身走了。

「阿娘怎麼哭啦？」團團既擔心又不解，小聲問杜清檀，「不是吵贏了嗎？應該是蕭家人哭才對啊！」

杜清檀抓著特製的沙袋反復練習手臂力量，「想哭就哭，哪有那麼多為什麼！」

「是呀，我想哭就哭了，阿娘也一樣。」團團明白了，然後懂事地擰了帕子遞給楊氏，「阿娘擦擦臉。」

楊氏接過帕子蓋在臉上緩了一會兒，突然轉身拉門，「我好像看到獨孤公子了！」

門外空空蕩蕩，早就沒了獨孤不求的影子。

杜清檀跟過來往外探了一眼，「不會看錯了吧？」

楊氏也不確定，再看了一圈周圍，確認沒有瞧見獨孤不求，這才關上了門。

「我們不搬回族裡去住。」她擦擦鼻子，做了決定，「正是因為族學不夠好，杜科才會為了孫子的前途鋌而走險。蕭家之所以有膽做出那樣不要臉的事，也是因為蕭七郎書讀得好。如今團團正是打基礎的時候，不能被荒廢了。」

萬般皆下品，惟有讀書高，否則即便出身望族也沒啥了不起的，她是看清楚了。

只有自己的兒子學業有成，進入仕途，她和杜清檀的腰才能真正硬起來。

古有孟母三遷，如今為了團團念書方便，冒點險也是值得的。

杜清檀明瞭，「那就不回族裡住。」

只是團團才七歲，想要出人頭地還得很多年。

三十老明經，五十少進士。

本朝分科取士，以進士、明經兩科為主，其餘還有明法、明算、明字等科目。

明經是大多數門閥子弟參加科舉的首選，卻不如進士科顯貴，當然，進士科難度也是最高的。

所以團團再怎麼天才，也得再等個十多年。

這段日子裡，一家子的生計仍然是問題。

第十三章　我的命，我作主

「五娘，妳覺得族裡會給咱們多少地？」

楊氏迫不及待地打開了帳簿，地價不便宜，上等田地五十貫一畝，相當於五兩金，她覺得不太可能給太多。

杜清檀也沒數，「或許給個一兩畝？」

「螞蚱也是肉！」采藍不抱太大希望，「半畝也好！」

杜清檀笑了起來，「那是，族裡那邊不給，咱們就另找其他地方買。」

一家子商量著，臉上都帶出了笑容。

另一邊，獨孤不求牽著他那頭老驢，慢吞吞地回了平康坊南曲。

他人才出現在巷口，就有才留頭的小丫頭嬉笑著迎上來行禮，「獨孤公子，您可來了，武十一郎讓婢子來接您。」

獨孤不求微微一笑，把老驢交給小丫頭，大步走入崔家酒肆。

照例是燈紅酒綠，絲竹縈繞。

武鵬舉帶了上次那班人馬談笑喝酒，看到獨孤不求就朝他招手，「獨孤，你去哪裡了？說好今日在此商量大事的，你卻姍姍來遲。」

「去辦了點私事。」獨孤不求也不落坐，直接招呼眾人，「別喝酒了，走吧！」

於是一群人站起身來，跟在他和武鵬舉身後，穿過平康坊長而規整的街道，走入東曲一家邸店。

邸店外頭賣酒，裡頭住客，再往下，是的，地底下，是一個大型的鬥場。

鬥雞，鬥狗，鬥獸，鬥人，但凡可以用來爭輸贏的，都可以鬥。

朝廷禁止賭博，參與賭博者杖一百，罰沒家中浮財；在京設賭者處極刑，民間設賭者充軍。

是以並非任何人都能進入這個地下鬥場，但武鵬舉那張臉就是活招牌。

夥計瞧見是他，立刻堆滿笑容迎眾人進去，「貴人是要觀戰還是玩耍？」

觀戰，就是不參與賭博，只飲酒作樂。

玩耍，便是要參與進去，有輸有贏。

「哥兒們幾個當然是要玩耍……」武鵬舉話未說完，就被獨孤不求打斷了。

「我要親自下場。」

所有人都震驚了，來此參與比鬥的都是賤民，且都有不得已的苦衷。

只因拳腳刀槍無眼，每一次爭鋒都關係到賭客的真金白銀，下了場就再無退路，除非上頭喊停，否則就要一直打到死了為止。

武鵬舉拽住他，小聲道：「你瘋了？是不是誰讓你不痛快啦？若要出氣，法子多的是，何必這麼不愛惜自己？」

其他人紛紛稱是，「若是遇著事，只管說出來，哥兒們幫你解決。」

獨孤不求微微一笑，「你們想多了，咱們不是打算合夥養人抽成嗎？是我起的頭，總不能讓你們的錢白花。必須親自下場，才能知道具體怎麼回事。」

「這不對，難不成養雞售賣還要自己先做雞啊？」武鵬舉不贊同。

獨孤不求卻已經吩咐夥計，「帶我去見你們管事。」

管事並未拒絕。

鬥人們也不是全都有主的，也有那種遭逢災禍，急需用錢，便來賣命打上那麼一兩場，掙到錢就走的。

對於這種自由人，鬥場並不會多問，只要他簽下生死狀，言明生死自負即可。

獨孤不求毫不猶豫地在生死狀上落下了自己的大名，又摁上了鮮紅的指印。

「不知好歹的混小子！快把那個生死狀給我，他開玩笑呢！」

武鵬舉追著管事討要生死狀，急得腦門上一層細汗。

獨孤不求卻是道：「只管按照我說的辦，我的命，我自己作主。」

管事只看他那張臉就曉得價值所在，再看看這名門望族的身分更是不得了。這一場爭鬥打下來，至少要賺上千萬，傻子才放過！

所以管事板著臉道：「落字無悔，不然就是搗亂，要被扔出去的。十一公子應當知道我家主君的性子，千萬別讓小的為難。」

提到鬥場主人，武鵬舉便啞了聲，蔫頭耷腦地道：「那你們可得掂量著些，獨孤不是普通人家子弟，若是他出了事，你們鬥場得不了好。」

敢在女皇眼皮子底下開設鬥場，能是普通人？會害怕惹事？

管事頗不以為然，卻給武鵬舉留面子，敷衍道：「那是，您帶來的人，自是不能慢待。」

獨孤不求則開門見山問道：「你們打算怎麼利用我這張臉和身分，多掙點錢？」

管事激動起來，「小的這就去稟報主君知曉，還請公子稍等。」

「告訴你家主君，若是我贏了，得的彩頭須得分一半。」

「分一半？這，這有違行規啊！」

他們這裡最高的抽成也不過四成罷了，像獨孤不求這種突然跑來的，一般只給兩成，最多給到三成，分一半等於是獅子大開口。

和氣生財，管事圓滑地道：「小的會稟明主君，但若是不成，您別生氣。」

獨孤不求目光閃動，「不如讓我去和貴主人親自面談吧！」

管事笑了，搖著頭道：「我們主君從來不見外人。」

獨孤不求也不氣惱，「你且去吧！」

管事疾步奔至鬥場最深處一間屋子裡，停在一座山水屏風前俯首行禮，「主君，武十一郎帶了一群官家子弟來玩，其中有個叫獨孤不求的，想要親自下場參與鬥人。」

屏風後傳來低啞的男聲，「獨孤不求？百爾君子，不知德行。不忮不求，何用不臧？不妒忌、不貪求，他卻如此貪求財物，呵～是誰家子弟？」

「聽說是洛陽獨孤氏，非一般的美貌。瞧著也有兩下子，小的覺得應該會很招客。」

「洛陽獨孤氏啊？那也是不行了。如今他家最大的官，似乎就是魏州刺史獨孤吉了，這是個又慫又毒的貨，聽說會食人。」

「食人!?」管事駭然。

「是啊！這世道，高官為非作歹，百姓流離失所，並不得公平。堂堂獨孤氏子弟，竟肯屈尊下場鬥人，既然這麼豁得出去，便給他五成！但告訴他，必須打滿五場，少一場，就只能拿兩成。」

「是，小的會與他說清楚。」

「岳大啊，你一定要安排妥當這五場比賽，物盡其用，別浪費了獨孤公子的美貌和門第。」

「主君放心。」岳大低頭後退至門前，才敢轉過身來往外走，很快就做出吩咐，「傳令下去，今晚的鬥人比賽前所未有，贏者除了照規矩分成外，鬥場再按一千文錢給五十文的比例獎補。」

也就是說，如果客人贏到一千文錢，鬥場額外再給他五十文，看著不多，卻不可細算。只因來此參與賭博的都是顯貴巨富，出手便有百萬、千萬之巨，累積下來也不少了，何況這種事本就圖個刺激好玩。

故而消息傳出去，便引來許多好奇之人，紛紛要求面見獨孤不求。

當然岳大並不會洩露獨孤不求的真名，只是隱晦地表示，這是一個非常貌美且出身名門的公子。

至於這位公子為何會來參加比鬥，那又是另一個悲傷的，引人感嘆不已的故事了。

於是一個極有錢的女富商當場拍出一千萬錢，要求立刻、馬上見到這位落難的公子。

岳大不為所動，「該看到的時候，您自然會見到。」

女富商心癢癢，催促著趕緊開場。

岳大不慌不忙地道：「您別急，這還得組場子呢！」

等到獨孤不求再見著岳大，場子已經備好，只等他下場。

岳大通知他，「您運氣好，今天主君高興，願意給您這個面子。但一行有一行的規矩，您得打滿五場，少一場就只能拿兩成。」

武鵬舉少不得理論，「哪有這個道理？我們只打一場的！」

「就五場。」獨孤不求站起身來，「聽說你們有專用的衣裳。」

他這身是自己花錢買的，弄破了不划算。

岳大提醒他，「今日與您對陣的，是鬥場排名第五的紅旋風。您若打贏他，下一場就和排名第四的打，以此類推，最後一場是和排名第一的常勝將軍打鬥，敢不敢？」

武鵬舉的腿軟了，「這，還是不要了吧！」

這裡的鬥人凶悍到能吃生肉，強壯如牛，加之搏殺經驗豐富，似獨孤不求這樣的小白臉怕是受不住一拳。

獨孤不求笑道：「這個安排好！越到後面聲勢越大，賺的錢越多啊！」

「那您先歇會兒，吃點東西，等著叫您上場。」岳大笑咪咪地走了。

不一會兒，便有人給獨孤不求拿來一套紅色的短衫。

換上後，越發顯得他膚白貌美，唇若敷朱。

武鵬舉雖然擔心，卻也忍不住捏著他的胳膊道：「嘖嘖嘖，看不出來啊，你小子瞧著挺瘦的，卻格外壯實！」

鬥場由一個二丈見方的賽場和呈梯形環繞的五排看臺組成，最多可以容納三百人。

如此新奇的比賽還是第一次，但凡此時在鬥場內的人都擠了過來，想要入內一探究竟。

時辰一到，一聲鑼響，鬥者登場。

最先上場的是紅旋風，他是胡人血統，身高九尺，體壯如牛，一頭紅髮，未穿上衣，胳膊和胸膛上全是虬結的肌肉和捲曲的紅毛。

上得臺去，先鼓起胳膊上的肌肉大吼一聲，抓住念詞的夥計高高舉起，輕鬆繞場一周，贏得無數喝彩。

緊接著，獨孤不求上場了。

紅衣白膚，黑髮朱唇，體態修長挺拔，往臺上一站，悠然含笑，並沒有半分亡命拼搏之氣，倒像是鮮衣怒馬來遊玩的。

這對比也太強烈了！

幸虧買獨孤不求贏的人不多，所以大家都很高興，只有武鵬舉等為了義氣不得不買他贏的垂頭喪氣，很為自己交友不慎而懊悔。

「啊——」有女人尖叫起來，大聲喊道：「這位公子愛惜美貌啊！不要打了，入贅我家如何？」

「不了，小爺不愛吃軟飯。」獨孤不求微笑著揮揮手，朝紅旋風比了個挑釁的姿勢。

紅旋風大吼一聲，衝了過來。

獨孤不求自知力量不能與之直接抗衡，便只借助身形靈活，反復躲避纏鬥。

眾人看著看著，不耐煩起來，有男人大聲喊道：「紅旋風，打死這個小白臉！」

「對，把他的屎捶出來！」

女富商大喊，「入贅吧！現在還來得及！」

獨孤不求恍若未聞，學著杜清檀的樣子，擺好姿勢，聚精會神地盯著紅旋風的舉動。

紅旋風獰笑著朝他揮落拳頭，「小子，去死吧！」

晶瑩的汗珠順著獨孤不求剛勁有力的下頜流下，滴落在鬥臺上，他大吼一聲，力從地起，傳動全身之力，左拳閃電般揮出，鞭子一般重重擊打在紅旋風的側臉上。

紅旋風原地暈了片刻，砰的一聲摔倒在地。

全場鴉雀無聲。

獨孤不求抓住機會，直接跨坐到紅旋風身上，一拳一拳地砸下去。

沉悶的拳擊聲落到眾人耳中，讓人骨頭發酥。

就在所有人都以為獨孤不求會打死紅旋風的時候，他站起來了，滿意微笑，「好了，他起不來了，我贏啦！」

蓋因紅旋風身體太過強悍，他怕這一拳不能達到效果，一旦讓其清醒過來瘋狂反擊，不一定能夠再找到機會。

「贏了！我們贏了！」武鵬舉等人險些喜極而泣，他們賺了！賺了！

「作假！鬥場作假！」

有輸慘了的賭徒大喊起來，拒絕接受這樣的結果。

武鵬舉等人肯定不服，「願賭服輸，要什麼賴呢！」

兩邊推搡著，險些打起來。

嘈雜聲中，岳大檢查完畢紅旋風的傷情，確認並不致命，只是暫時暈厥。

再看絲毫不被現場紛爭影響，兀自佳人獨立的獨孤不求，心情就很複雜。

狠是真狠，卻有分寸。

察覺岳大的目光，獨孤不求回頭朝著他粲然一笑，「可以宣佈結果了嗎？」

「當然。」岳大走上前去，拉起獨孤不求的手高高舉起，「公子贏了。」

對於鬥場和獨孤不求聯手做局的質疑，岳大嚴肅地道：「我們鬥場開辦二十年，從來童叟無欺，誰若不服，可以下來和公子比鬥，親自試過就知道了。」

獨孤不求笑得人畜無害，「我保證不打斷你的牙。」

沒人敢試。

於是「公子」之名一夜之間響徹整個平康坊，又打了兩場之後，整個長安城愛玩的圈子都知道了「公子」這個人。

沒人知道他姓什麼，只曉得他出身名門，貌美少見，心狠手辣，總之就是神祕而動人。

除了鬥場本身賭輸贏之外，周邊也有人私下設賭局，賭今夜「公子」是贏還是輸。

最後一場，甚至驚動了好幾位親王和公主，他們早早訂了位子，要來觀賞這一場比賽。

杜清檀並不知道有關獨孤不求的這些事，她忙著置辦家產，打點鄰里和族親關係，想把自己「遇仙」這個招牌打出去，以便得到合適的病患。

畢竟「食醫」重點是食物，著重調理，對於重病只起輔助作用，再不然就是防治慢病、未病、以及小病。

小病不足為道，其餘病種則需要長久的堅持才能看出效果，遠不如藥醫見效快，因此在民間並不普及。

大多數人只把這個當作偏方看待，一旦效果沒有期待中那麼快好，就很容易產生誤會並放棄。

她不想一直小打小鬧，那對於她變富變強的目標沒什麼助力。

她也不想被人當作騙子，損害這一行業的聲望。

最好就是給個有名望並有錢的人長期調理身體，如此才能展示她的能力並獲得長久有效的豐厚收入。

所以她絞盡腦汁地尋找一切機會，然後她發現，還真不容易。

接連幾天，共有六個上門求醫的，有三個是重病，她沒敢碰也不能碰，直說自己沒學過這種病症，苦勸他們去就醫。

有三個是風寒、頭疼、拉肚子之類的小毛病，她給了方子，也沒收人家錢，就只收了兩顆鵝蛋、一把菜，以及一條被水獺「咬死」的草魚。

草魚不大，卻引得一家子圍著流口水，並為怎麼烹煮展開了激烈的爭論。

團團想吃油煎魚，「那叫一個香，最好把骨頭也炸酥了吃。」

楊氏則是懷念飛刀膾鯉魚的精緻，「要是鯉魚就好了，可以膾成魚片生吃。」

采藍嚥了一口口水，很懂事的道：「魚這麼小，婢子幾人就不吃了，留給大娘子和小郎、五娘補身體。」

于婆和老于頭眼睛看著魚，頭跟著點個不停。

其實這純屬廢話，就沒哪家下人能和主人吃一樣的伙食。

只是杜家情況特殊，一家子吃的一直緊著杜清檀和團團，其餘人等都差不多。

若是吃肉，采藍等人至少也能分上一塊，再喝上幾口湯。

不然他們也不會如此忠心耿耿。

杜清檀笑了，撈出一把剔骨刀，「這麼小的魚，又是死了的，生吃煎吃都不妥當。待我做一鍋草果魚湯，一家人分著吃。」

團團眼睛一亮，「姐姐又要做什麼好吃的嗎？」

「是啊，團團可以跟在一旁學，技多不壓身。」

杜清檀將魚摁在石板上，俐落地刮鱗、去腮、開肚，倒比采藍還要熟稔幾分，血腥之物沾了滿手，她也毫不在意。

不一會兒，魚收拾乾淨，切成塊狀備用。

再開了她的藥櫃，稱二錢草果，一兩龍眼肉，又備下蔥段、薑片，再加一點昂貴的胡椒粉。

草果洗淨，去除皮和核，切小塊，龍眼肉洗淨備用。

先將蔥段、薑片倒入滾油爆香，再將魚塊倒入微煎，待到魚皮捲起，香味飄出，這才加入清水、鹽、胡椒粉、龍眼肉、草果，慢慢燉熟。

本該使用高湯更好，奈何肉都沒得吃，還能妄想什麼高湯！

幸好杜清檀經驗豐富，火候拿捏到位，煲出來的湯奶白香濃，倒也沒什麼腥味。

湯未燉好，團團和采藍已在廚房來回巡遊了無數遍。

團團捂著肚子喊，「餓了，餓了，我餓得沒力氣了。」

杜清檀不為所動，「你先去看看王草丫有沒有爬牆？」

團團沒有抓到王草丫爬牆，倒是帶回來一個客人。

獨孤不求拎著個油紙包，還穿著那身舊袍子，笑咪咪地站在廚房外和楊氏說話。

「前幾天和人打架，不小心把袍子撕壞了。我不會縫補，也找不著合適的人幫忙，思來想去，只好厚顏來求，也不知伯母能否撥冗替我縫一縫？」

杜清檀走到門邊往外看，果見獨孤不求的袖子被撕了個大破洞。再看，那臉上青一塊紫一塊的，唇角還腫著，真像是和人打了架的樣子。

見她看來，他無所謂地朝她笑笑，一揚油紙包，「朋友給我一隻被黃鼠狼咬死的雞，我一個人也吃不完，留半隻給你們，用作縫補衣裳的報酬。」

杜清檀還沒來得及表態，采藍已經急吼吼地拿著針線衝出去了，「獨孤公子，這活兒太簡單了，婢子這就給您縫好！」

采藍捏著針線，就要往獨孤不求胳膊上戳，「您不用脫衣服，婢子手藝好，就這麼給您縫，片刻工夫就能好！」

獨孤不求卻是抬手攔住了她，「快別！男女有別，妳別碰我！」

采藍厚著臉皮道：「在您眼裡，婢子不算是女的吧？」

這人太小心眼了，不就是剋扣過他的工錢，嫌他吃太多嗎？抓住機會就挖苦她。

要不是看在那半隻雞的份兒上，哼！

采藍忍不住掃一眼油紙包，響亮地嚥了一口口水。

丟臉丟到家了，為一口肉食，如此卑躬屈膝！

杜清檀扶一下額頭，走出去行禮，「獨孤公子，別來無恙。」

「別來無恙。」獨孤不求朝著她笑得燦爛，「聽說妳在杜氏宗族打了場漂亮仗，可真了不起！」

這誇讚來得真心實意，杜清檀也跟著笑了，「全靠朋友們幫忙。」

獨孤不求的表情就很奇怪，這話說得……非常江湖。

於是他又笑，「我聽說了妳遇仙的故事。」

杜清檀敏銳地糾正他，「不是故事，是事實。」

「我還以為是從書裡看來的呢！」獨孤不求討人嫌地笑著，大發善心地把油紙包遞給采藍，

「我不是那樣的人！」采藍氣得噘嘴，就連雞也不香了。

「不許偷吃！」

「快別逗她了。」楊氏找出一件杜清檀生父留下的袍子，「獨孤公子先將就換上，我給你

縫補。」

「正之。」獨孤不求接過袍子，笑道：「伯母，我的字是正之，以後您可以叫我正之。」

有了前後那麼多次的相助，楊氏坦然接受了這份親近，「那行，以後就叫你正之。」

獨孤不求抱著袍子進了團團的房間，須臾換好出來，將疊得整整齊齊的衣衫遞給楊氏，鞠躬，「有勞伯母。」

楊氏其實年紀不小，若是她那夭折的長女還活著，也該和獨孤不求一般年紀。因此看著獨孤不求，不禁多了一分慈母情懷，「正之啊，你離家這麼久，不想家嗎？有沒有送信回去？令堂一定很擔心你。」

「我家中有兄長呢，兄長奉養老母，他們不擔心我。」

答非所問。

杜清檀就猜，這人必然是和家裡鬧了矛盾，偷跑出來的。

楊氏也這麼想，只是關係沒到好到那一步，並不好深勸，就道：「伯母厚顏勸你一勸，年輕人雖然氣盛衝動，卻也要有分寸。能讓就讓，把自己傷成這樣，令堂若是知曉，也要心疼。」

獨孤不求顧左右而言他，「好香啊，這是在煮什麼好吃的？」

楊氏肯定要留他，「是我們五娘給人瞧病，得了一條被水獺咬死的小魚。五娘做了個適合春季進補的藥膳，你若不嫌，便留下來一起吃。」

獨孤不求抿著嘴笑，「卻之不恭。」

杜清檀瞅著他那五顏六色的臉，「我給你把個脈？」

獨孤不求無所謂地伸出手，「讓妳試試手也行。」

這話杜清檀不愛聽，「那不必了，您好歹也是救命恩人，怎能拿您試手？我這還有些錢，幫您請個大夫瞧瞧？」

獨孤不求一本正經，「那不用，我就想給妳試手。」

杜清檀瞅他一眼，伸出手去。

獨孤不求趕緊捋起袖子遮上手腕，露出一段青紫斑駁的肌膚，甚至還能見著一圈青紫的指痕。

杜清檀皺起眉頭，「你這是怎麼回事？是被人虐打了嗎？」

這人樣貌太過好看，或許會被權貴看上也不一定。

聽聞女皇、公主各有年輕貌美的男寵，下頭的人為了討好她們，常會搜羅美少年敬獻上去。

有那不從的，家世又不夠豪強，便會遭遇各種虐打逼迫。

杜清檀一不小心就想多了，「武鵬舉不是你的朋友，他也不能護著你？」

獨孤不求抬起長而捲的睫毛，黑幽幽的眼珠子直勾勾地盯著她看。

杜清檀頗坦蕩，大方與他對視，「你若遇到難處，不妨說出來，我或許能幫你想想辦法。」

「呵～」獨孤不求輕笑一聲，微微搖頭，挪開目光看向瓦藍明澈的天空，「妳在想些什麼呢！」

杜清檀也沒不好意思，坦蕩地道：「那就好，我看看有沒有傷到臟腑？」

纖細白皙的指尖落在滾燙的手腕上，微涼。

杜清檀半垂著眸子，平靜而專注，淡粉色的嘴唇柔嫩得仿若花瓣一般，像極了春天綻開的第一朵桃花。

獨孤不求突然貼近她低聲道：「其實我這是和人鬥拳傷的，就是妳那個左勾拳，讓我很是風光了幾回。」

手腕上懸著的那指尖微不可察地抖了一下，隨即杜清檀收了手，冷冰冰地朝他瞅過來，淡淡地道：「禍害遺千年，死不了。」然後起身走了，是拒絕再往下交談的意思。

獨孤不求將手撐著下頜，靜靜地看著那道纖細的背影，隨即對自己的外貌產生了嚴重的懷疑和動搖。

從他長大，但凡和他面對面、眼對眼的年輕女子，就沒幾個不害羞的，更別說這麼近距離的接觸了。

就連采藍那個囟悍粗野的丫頭，也會害羞臉紅。

唯獨杜家五娘，看他的眼神和看物品差不多。

有用的時候能得個笑臉，沒用的時候就只是塊石頭。

獨孤不求摸摸自己的臉，算了，這段日子打比賽，對手都不弱，這臉打成這樣，他自己都嫌棄。

他笑咪咪地站起來，一掃剛才的沮喪，「楊伯母，什麼時候可以吃飯啊？我餓了呢！」

楊氏已經補好衣衫，拿過來遞給他，「換上吧，這就開飯。」

第十四章　拼命的時刻到了

獨孤不求換好衣服，確實也開飯了。

楊氏恪守禮儀，單獨給他和團團擺了一桌。

一人一碗魚湯，幾塊雞肉，一份炒鵝蛋，一份清水蔬菜，一碗粟米飯。

采藍小氣且直白地道：「獨孤公子，飯不夠可以添。」

大意是菜就沒得添了。

于婆看不下去，把她拖到一旁小聲數落，「人家還帶了雞肉來呢！」

采藍翻個白眼，「五娘和我說過，不能打腫臉充胖子。」

于婆很無奈，於是使勁往嘴裡塞了一塊雞肉。

獨孤不求正想扒飯，團團稚聲稚氣地道：「姐姐說過，先喝湯。」

獨孤不求微微一笑，用木匙舀一勺奶白香濃的魚湯餵入口中。

入口微有胡椒的辛辣，再嚐便是鮮美回甘，其中雖隱有草果的味道，卻不足以影響。

不知不覺，他把一碗魚湯吃得乾乾淨淨，然後覺得，整個人從裡到外，就沒這麼熨貼過。

杜清檀享用完自己的那一份草果魚湯，也覺得整個人非常熨貼舒服。

其實這不太符合養生的規矩，像她這種以進補和調養為主的，理應在飯前或者飯後一個時辰喝，效果才能達到最好。

但如今情況特殊，難得吃魚，她也饞啊！

她滿意地用竹筷夾起一塊雞肉，白切的，味道很一般，若是由她來做，多的不說，幾十種藥膳總能做出來。

所以就很希望自家養的小雞快快長大，好被黃鼠狼咬死。

杜清檀慈愛地看著在院子裡刨食的眾雞，說道：「以後有空，都去外頭給小雞抓蟲子挖蚯蚓吧！」

采藍猛點頭，「婢子正有這個打算。」

忽見獨孤不求笑咪咪地走過來，「五娘，妳做的這是什麼魚湯？真好喝，可是有什麼功效？」

「草果魚湯，補氣益血、安神定志、養血安胎。」

楊氏差點兒沒把嘴裡的魚肉吐出來，杜家可沒人需要安胎！這死孩子，真是越來越不像話！

獨孤不求卻是鎮定自若，「這樣啊，那給我吃是浪費了。」

「倒也不算，你晚上會睡得舒服些。」

「我向來睡得不錯，可能無法體會了。倒是妳這些日子接診了多少病患？掙了多少錢？」

說到這個，杜清檀頗為惆悵，「也就三個，掙到的錢嘛，就是這頓飯。」

現實總比夢想難，她這太不容易了。

梁王那塊招牌也沒什麼用，都沒什麼權貴富商因此來找她。

獨孤不求無聲地笑了一下，「是妳想得太美好了，貴人府邸哪是那麼容易進得去的，梁王那是特殊了，也是妳的運道使然。否則各大府邸都有自己相熟並信任的大夫，只會吃他們的藥，其餘的不行。除非都治不了，才會往外頭求醫。」

杜清檀看向他的目光便專注了幾分，「論起這裡頭的門道，你是比我懂得多。那我要如何才能入他們的眼？」

「口碑也是要慢慢積累的，何況食醫不同藥醫。我這裡其實有個機會，就不知道妳是否能成？」

「快說！」杜清檀放下筷子坐直身體，顯得有些氣勢凌人。

「嘖！」獨孤不求不高興了，「妳這是在求人？」

杜清檀悻悻地垂了眼，沒辦法，憋得太久總會原形畢露。

她深吸一口氣，給他行禮，「還請獨孤公子指點。」

「實不相瞞，之前妳傳授的左勾拳，我用起來總有些不順手，倘若五娘能夠多想起一些，再順便指點我一下就好了。」

「左勾拳？」楊氏很詫異，「那是……」

「嗯，就是那個。」杜清檀面不改色，「其實後來我又在夢中見過幾次，掌握得更純熟了，確實可以為獨孤公子解惑。」

生意這種事，都是一回生二回熟，撒謊也是。

獨孤不求就很高興，立刻站起身來，「妳吃飽了嗎？」

杜清檀看著碗裡剩餘的雞肉，很堅定地道：「還差幾塊雞肉。」

獨孤不求了然，「我急著要走，妳若幫我解決了困惑，下次興許我朋友會送被狼咬死的羊。」

「羊嗎？一整隻嗎？」采藍雙眼放光。

「一整隻。」獨孤不求笑得像隻狐狸。

「五娘別吃了，快去忙正事！」采藍伸手就把杜清檀的筷子和碗拿走了，「人家獨孤公子有急事，是恩人呢，不能怠慢的。」

杜清檀面無表情地看著采藍。

采藍看出來不好，連忙討好地朝她笑，厚厚的嘴唇咧得……十分憨厚。

「姐姐，羊是什麼味道的呀？」

團團走的是婉約路線，直接撲到杜清檀懷裡，仰著頭眨巴著黑葡萄似的大眼睛，十分天真可愛。

「五娘，若是妳會就趕緊教給正之，別耽擱他辦事。」楊氏是大家長的端莊作風。于婆和老于頭則站在一旁，眼巴巴地瞅著這邊，饞出的眼淚險些流了出來。

行吧，全家都饞，她也饞。

杜清檀站起身來，以一種十分英武雄壯的姿態走到院中，可惜腰肢太細，人太弱，難以改變嫋嫋婷婷的形象。

獨孤不求微微一笑，跟了上去。

「你這姿勢不對，左勾拳就是像鉤子一樣的拳，可以從任何角度，對手注意不到的死角，利用整體旋轉的力量，帶動手臂，短距離、迅猛短促，出其不意……」

杜清檀很認真地給獨孤不求調整姿勢，她甚至用手去捏他的手臂肌肉，示意他該怎麼發力。

獨孤不求也學得很認真，兩個人一個教一個學，神情端莊肅穆，頗為正經。

于婆卻從中看出些不一樣的感覺，便湊到楊氏跟前輕聲道：「大娘子，您瞧。」

男的俊朗，女的柔美，個頭高矮都很協調，門第出身家境什麼的也般配，反正誰也不嫌誰窮就是了。

楊氏抿著嘴笑，眼睛亮得十分不正常。

杜清檀毫無所覺，指點完畢就討要報酬，「你說給我介紹的，是個什麼樣的人家？什麼樣的病症？說來聽聽？」

獨孤不求意猶未盡，卻也不好意思繼續糾纏，畢竟被摸過的地方火燒火燎的，讓人十分不自在。

「是武十一郎姐姐家的孩子，視力不大好，到夜裡就看不清楚東西，用了針灸什麼的都沒用，妳敢不敢去試？」

「沒什麼不敢的。」杜清檀已在分析病例，「除此之外，他一切如常嗎？是先天如此，還是後天如此？父母長輩可有此病？」

「父母長輩沒聽說有不妥的地方，小時候似乎也是好的，倒是聽說很挑食，很多東西都不愛吃。」

杜清檀便有了數，「我可以一試。」

「等我安排妥當就來接妳。」獨孤不求意料之中，抱拳告辭，「我該走了。」

楊氏送他到門前，「正之，切不可輕易與人爭端動手。」

「好。」獨孤不求乖乖應下，從門前樹下牽過他那頭老禿驢，慢吞吞地走了。

采藍這會兒才敢發洩，「那驢真醜！都說坐騎類主，所以啊……」

團團不高興了，「獨孤大哥哥才不像驢呢！」

✣

✣

✣

獨孤不求走進鬥場，武鵬舉等人早已等在那兒了，看見他就圍上來，「獨孤，你去哪裡了？大家都在找你。」

獨孤不求懶洋洋地道：「找我做什麼？這不是還沒到點兒嗎？」

岳大笑咪咪地走過來，「公子可回來了，是我家主君想見您。」

在京開設賭場是件大事，非背景雄厚不能行，且還必須是非同一般的背景。

從鬥場開辦到現在，已有整整二十年。

二十年間，風雲變幻，先帝薨逝，帝位幾易，有多少名門望族捲入紛爭之中滿門死絕，也有無數名不見經傳的人成為炙手可熱的新貴。

鬥場卻始終屹立不倒，未受任何牽涉，生意還日漸紅火。

鬥場東家是個謎，誰都知道有這麼個人的存在，卻不知道他是誰，長什麼樣。

所以聽說他要見獨孤不求，武鵬舉等人忍不住激動了，「獨孤，快去！」

獨孤不求半垂長睫，掩去眸中冷光，唇角慵懶勾起，「急什麼，我不得換身衣裳？這又髒又破的，太失禮了。」

「倒也不必，我們主君不計較這些小事，請公子隨小的來。」

獨孤不求微微頷首，將手負於身後，慢條斯理地跟著岳大走入鬥場深處。

雖是白日，鬥場之中仍聚集了無數賭徒，他們狂熱地呼喊著，一言不合就打得頭破血流。

獨孤不求從喧囂中穿行而過，目光不曾給過這些人半分。

人群最深處，一雙眼睛冷漠地觀察著他的一舉一動。

越行越深，燈光漸次幽暗，沸騰的人聲漸漸遠去，轉而換作清冷寂靜。

岳大在一道房門前停下來，肅穆地道：「請稍候。」

他屈指敲門，三長兩短。

「主君，獨孤公子到了。」

說完這話，他便垂手肅立，一動不動。

裡頭傳來一聲悅耳的鈴響。

岳大推開門，控背躬身，「公子請。」

獨孤不求漫步入內，房門在他身後悄然關閉，岳大便如鬼魂一般立在門邊，與冰冷的牆壁幾乎融為一體，讓人感覺不到其存在。

兒臂粗的牛油蠟燭熊熊燃燒著，將這間精美的屋子照得通亮。

粉牆上掛著飄逸的簪花仕女圖，屋角的瑞金獸香爐裡若有若無地漂浮著淡淡的沉水香，既苦且涼。

地上鋪著厚厚的宣城絲毯，踩上去便如貓兒行走，悄無聲息。

一座精美的山水屏風攔在屋子正中，倒映出一個放大的黑影。

獨孤不求叉手行禮，「聽聞您要見我，不知該如何稱呼？」

「鶴。」屏風後的男子聲音低啞，是那種很久沒說話之後引起的沙啞。

「鶴先生？」獨孤不求自己加了個尊稱。

「可，走近些，讓我仔細看看你。」

獨孤不求就往前行了幾步，站在燈光最明亮處，任由對方看個夠。

「好了，看清楚了，請坐。」

柔軟精美的絲毯上有個坐具，獨孤不求正襟危坐，是最講究最客氣的坐法。

「現在的年輕人，特別是進入這裡的年輕人，像你這樣懂禮貌有教養的不多了。」

「您過獎了。」

「為何來此？」

燈光下，獨孤不求笑得玩世不恭，「為了錢，我窮得只剩下自己啦。」

「你之前從過軍，為從七品上翊麾校尉，在前魏州刺史獨孤吉手下做事。後來冀州淪陷，獨孤吉因為懼怕契丹人攻打魏州，盡驅魏州百姓入城修整防禦，致使魏州千里耕地盡成荒蕪。聖人降罪，獨孤吉將所有罪責盡數推到你身上，你被褫奪官職，趕出軍中，獨孤吉卻只是換去瀛州任刺史。你想回洛陽老家，卻不被家中長兄接納，只好飄零長安，想要另謀出路。獨孤吉，其實是你的堂伯父，你未曾辯白上訴，也是因為受到家族壓力，捨車保帥，不得不咬牙承受，對否？」

屏風後傳來紙張翻動的「簌簌」聲，鶴的聲音平穩而冷漠。

獨孤不求有瞬間凝滯，隨即發出一聲輕笑，「沒想到，賭個錢、鬥個拳，也要被查祖孫三代！所以外間那個傳言是真的嗎？」

民間有傳言，說這個鬥場是女皇授意心腹開辦的，為的是行密探之事，以防李氏復辟。

鶴並不回答他的問題，只道：「你的戰力讓我很驚訝，我本以為你撐不過第三場，沒想到竟能走到現在。」

「所以呢？」

因為身分被揭穿，獨孤不求也不裝了，慵懶地伸長一條腿，歪靠在一旁的憑几上，微笑道：「您有什麼要交待我的？讓我贏，還是讓我輸？」

「隨意就好，賭博這種事，不就是看運氣的嗎？」

「那您為什麼要見我？」

「因為你想見我，我也對你比較好奇。」

獨孤不求沉默片刻，笑了起來，「我還以為您會許諾，若是我五場全贏，會給獎勵呢！」

鶴也沒覺得被冒犯，「你想要什麼？」

「我也想要參與這門生意，我打這幾場比賽，是想讓您看看，我有能力參與這門生意。一旦有了我，你們的生意會更紅火。」

「呵呵……」鶴笑了，「年輕人的想法很好，不過這門生意見不得光，你確定要參與？」

獨孤不求坐直身子，「您剛才說的那些，有關我的情況，還不夠全面，我再補充一點。為了洗刷冤屈，我跑去前方參戰，我想多殺幾個契丹人，以軍功立身，但是他們不要我。這個世道如此不公，我還能做什麼？忍氣吞聲嗎？不！但凡有一絲機會，我就要去拼。哪怕為此失去性命，無名無姓，我也要去試一試。這就是我的決心。」

鶴又沉默了片刻，才道：「先打贏這場比賽再說。」

一聲清脆的鈴響自屏風後傳出，岳大突然活了過來，躬身道：「獨孤公子，我們該去做準備了。」

獨孤不求站起身來，沉默地行了一禮，轉過身大步走出。

沉重的鐵門在他身後關上，走廊兩旁的燈火微微顫動。

影子拉長又拉長，他昂首挺胸、闊步向前。

鶴有一點沒提到，他還是一個生父莫名其妙就死掉，死在哪裡都不知道的人。

噹，噹，噹……喧囂的鑼聲又響又急，鬥場內安靜下來。

岳大高舉著手臂，大聲喊道：「今日鬥人即將開始！公子對常勝將軍！」

縹緲幽遠的笛聲響起，周圍燈光漸趨幽暗，只餘下鬥場四周幾處照明。

一個穿著長袖寬袍，戴襆頭的書生背著光緩步行來，他身形高挑，文質彬彬，舉手投足間仙氣飄飄。

雖然看不清臉，卻也足夠顯露出他的出塵氣質，以及神祕動人。

黑暗中，有女人嘶聲尖叫，「公子！公子！我要嫁給你！」

還有女人大喊，「公子！公子！入贅我家！做我的夫郎！」

在場的貴人們相視而笑，並不怎麼在意這種噱頭，畢竟他們身邊最不缺的就是美人。

獨孤不求昂首而行，周圍的喧囂對他沒有造成任何影響，他還是那個氣質清冷，芝蘭玉樹一般的神祕貴公子。

行至臺中，他舉手行禮，從容不迫，姿態優雅，東南西北，四處皆有敬到。

笛聲漸停，琵琶聲驟起，奏的是《從軍行》，殺氣磅薄，催人奮進。

燈光驟然大亮，一個宛若熊羆般的黑壯漢子踏著山一樣步伐，一搖一擺地走到人前，每一步都踏得非常用力。

他裸著上身，穿著竇鼻褌，全身肌肉虯結，再塗了油脂，閃閃發亮。

他往獨孤不求身邊站定，用力捶了自己的胸膛一下，胸脯上的肌肉隨著他的舉動，宛若活的一般顫動起來。

他要比獨孤不求還高了半個頭，身形是獨孤不求的兩倍那麼粗。

他吼了一聲，將手伸出，作勢放在獨孤不求的脖頸上，狠狠一擰。

男人們開始嘶吼，「常勝將軍，打死這個小白臉！」

還有人把喝光了酒的罈子扔進場地之中，砸個稀巴爛。

鬥場並不阻止這種行為，只因如此才能讓賭徒們的血液和情緒盡數燃燒起來，氣氛才激烈。

氣氛越激烈，人越容易喪失理智，越容易大把押注。

獨孤不求如常站立，長長的睫毛在眼眶下方投下陰影，鮮紅的嘴唇勾出一個嘲諷的弧度。淡漠而超然，彷彿剛才對方挑釁的人不是他，他只是場中的一個過客。

琵琶聲驟停，鼓聲響起，每一下都彷若撞擊在人的心上，讓人呼吸困難，煩躁不安。

「快動手！」賭徒們狂熱地喊起來，「打死他！打死他！」

常勝將軍猛獸般狂吼一聲，衝過去抓住獨孤不求的腰帶和衣領，猛地將他舉過頭頂，繞場一圈之後，再狠狠往下砸去。

這是之前四場比鬥從未有過的情況，買獨孤不求贏的人忍不住發出驚叫。

卻見獨孤不求靈巧地在地上翻滾一圈，再輕靈躍起，不見狼狽，還是那副翩翩貴公子的清冷模樣。

常勝將軍大步朝他走去，每一下都踩在鼓點上。

獨孤不求終於出手，他抓住將軍的腰帶，試圖將人掄倒。

常勝將軍卻巍然不動，任由他怎麼用力都沒用。

兩方實力相差太大，眾人哈哈大笑起來，只有武鵬舉等人白著臉，揪著衣襟不敢出氣。

忽而一聲鼓響，獨孤不求雙足輕點，身體宛若白鶴般躍起，寬大的衣袖便如鮮花盛開，把醜陋凶悍的常勝將軍圍繞其中。

片刻後，眾人看到他單足立於常勝將軍肩頭，便如雜耍。

常勝將軍大喝一聲，伸手抓住獨孤不求飄逸的衣衫，猛地一扯。

撕啦！裂帛聲中，長袖寬袍裂成幾片，猶如蝶翼般飄落塵埃。

獨孤不求著一身火紅箭袖勁裝，一個縱身落於地上，猛地一拳揮出，恰好砸在常勝將軍的側臉上。

常勝將軍原地晃了兩晃，又站穩了，瞇起眼睛大叫著，一拳揮出，將獨孤不求砸飛出去，重重落於地面。

正是他那成名的絕技——左勾拳。

眾人激動地大喊起來，「快打，快打！」

獨孤不求慢慢爬起，唇角沁出一絲血痕。

他還未站穩，一隻巨大的拳頭伴隨著風聲呼嘯而來，重重擊打在他的頭上。

他再飛出去，趴在地上幾次掙扎都沒能爬起來。

「什麼左勾拳？根本是屁，是屎！狗崽子，現在認輸還來得及！」

常勝將軍哈哈大笑，慢吞吞地取出一副帶著鋼釘的手套，炫耀般戴在手上，雪亮的鋼釘在燈光下散發出幽冷的光芒。

表演已過，拼命的時刻到來了。

全場鴉雀無聲。

常勝將軍伸出碩大的手掌，抓住獨孤不求的髮髻，聲大如雷，「狗崽子，從老子胯下爬過去，老子便饒你狗命！」

「公子，快起來揍他！揍他！」

女人支援的聲音遠遠大於男人的支援，只因很多人都非常失望，這就是連勝四場的人嗎？弱雞一樣的存在，真是白瞎了他們的入場費。

有那不甘心的賭徒，大聲嘶吼，「小子，爬起來和他打啊！不然老子弄死你全家！」

獨孤不求仍然一動不動，苟延殘喘。

「我要把你的臉踩碎，再把你這身白嫩的肉一拳一拳砸成馬蜂窩！」常勝將軍撂完狠話就抬起右腳，朝那張漂亮的臉蛋重重踩下。

獨孤不求眼裡閃過一道寒光，勁瘦的身體以意想不到的速度和力量彈起，集中全身力量的右腳重重踢上將軍的襠部。

「啊——」常勝將軍慘叫著，捂住襠部跪坐倒地，然而手套上的鋼釘又刺穿了他的大腿裡側。

他顧不得，在地上翻滾著，發出狼嚎般的叫聲。

現場大亂。

誰也想不到，讓大家充滿期待的一場比鬥，就這麼戲劇化地結束了。

還有很多投注了常勝將軍的人，嚷嚷著不服氣，鼓動常勝將軍快爬起來繼續戰鬥。

但是獨孤不求並沒有違規，只因入了鬥場，便是生死不論，只要能制敵，任何手段都可以出。

當然，下毒和撒石灰粉之類的不行。

明眼人都看得出來，常勝將軍這是輸在了大意輕敵上。

獨孤不求不但奸詐，還很陰狠。

岳大跑到常勝將軍身旁，大吼，「一，二，三！」

將軍沒有任何反應，他痛得暈死過去了。

獨孤不求勾起唇角，懶洋洋地站在那裡，目光冰冷地看向眾人，「我贏了！」說完吐出一口濃稠的血。

第十五章 女子未必不如男

午後的微風懶洋洋地拂過樹梢，沙沙作響。

杜清檀坐在窗前練字，時不時抬頭豎耳靜聽。

門外有鄰里說笑的聲音，也有車馬駛過的聲音，唯獨沒有獨孤不求的聲音。

這人一去好幾天，始終不見音信。

害得她天天等，天天盼，天天失望。

楊氏帶著于婆在廊下做針線活兒，也在悄悄說獨孤不求，「也沒見有個正當營生，下次他來，還得勸一勸才好。否則成了家，吃什麼？」

杜清檀耳朵尖，聽到成家二字，就問，「大伯母說誰呢？」

楊氏敷衍道：「說族裡終究只給了咱們一畝地，要買的四畝地還沒著落，將來都不夠你們姐弟分的。」

世事難料，杜清檀也沒敢硬氣地說自己不要，只安慰道：「等我掙錢，等我掙錢。」

楊氏一笑而已，沒忍心揭穿真相。

距離上一個求醫者登門已經四天過去，再不見半個病患登門。

她之前還挺擔心杜清檀一意孤行，非得走食醫這條道，影響到將來的姻緣，總想著要設法勸回來。

這下不用擔心了，沒病人，自然偃旗息鼓、老老實實。

「五娘啊，妳如今精神大好，也該把女紅揀起來了。來，給妳塊布片，繼續縫啊！」楊氏遞過一塊布片，哄孩子似地道：「學會了好和咱們一起做活兒賺錢，如今妳不用花費醫藥，就能存下錢，將來給妳做嫁妝。」

危機解除，楊氏又去原來合作的成衣鋪子接了活，但凡有空就不停地做，若是不去考慮蕭家是否會報復，這日子是越來越有奔頭了。

忽見王娘子跑進來，「五娘，東曲周家有個孩子腹痛，想請妳過去看看。」

楊氏便皺了眉頭，或許高興得太早了，找機會還是該勸勸。

杜清檀也沒推辭，普通百姓求醫太難，孩子夭折的也多，一般腹痛都是急症，她雖不一定能治，總比尋常人懂得多。

於是叫上采藍，拎上小藥箱子就走了。

她前腳剛走，後腳家裡就來人了。

武鵬舉帶著幾個家丁，用馬鞭敲響杜家的大門。

老于頭出來應對，看到這一群人氣勢洶洶，儀態驕橫，先就嚇得瑟縮了幾分，顫巍巍地問道：「敢問貴人尋誰？」

「我找杜五娘。獨孤之前和她說過的，請她去給我外甥瞧病。」

說起獨孤不求，老于頭就不害怕了，然而並不敢相信這突然冒出來的貴公子，便踮著腳張望，「怎麼不見獨孤公子？」

「他生病了。」武鵬舉不想和這麼個老頭子浪費時間，不耐煩地道：「杜五娘呢？」

「被人請去瞧病了。」

「呵，還真有人請她瞧病！」武鵬舉笑了起來。

他之前看杜清檀給梁王獻方治病，雖覺得她確實有兩下子，卻並未將她視作真正的大夫，只當她是運氣好，掌握的祕方恰好對上梁王的病症。

這一次，若非他那外甥實在沒有其他辦法可治，獨孤不求又一力推薦，他也沒想著要請杜清檀。

當下真生出了幾分興趣，追問道：「她去哪裡了？」

老于頭不敢說。

武鵬舉不耐煩，撒野道：「這不懂事的老奴，你家家主呢？」

楊氏聽到動靜趕出來，見著武鵬舉的穿著打扮便知非同常人，連忙見了禮，「不知貴人姓名？」

武鵬舉見楊氏雖然衣著樸素，言談舉止卻十分端莊優雅，頗有大家主母之風範，便收了驕狂之色。

「武十一郎，家父乃是安平郡王。獨孤是我的好友。上次杜五娘去梁王府獻方，還是我領著她去的。」

「原來是貴客臨門，失敬失敬。還請入內奉茶，五娘稍後就回來了。」

楊氏愛屋及烏，又感念武鵬舉幫了自家大忙，客氣無比。

武鵬舉哪裡有心思進去閒坐，「不如你們領我去，就在那接人好了。」他也正好看看杜清檀是怎麼給人瞧病的。

楊氏不敢推辭，便叫老于頭看好家，自己帶上于婆往前領路。

杜清檀這邊已經進了周家的門。

周家比王家還要窮許多，道是家徒四壁也不為過。

生病的是個小女孩兒，已經過了最痛的時候，只趴在周娘子懷裡小聲抽泣。

王娘子引了杜清檀進去，先把她的本事一頓吹捧，「人美心善，本事還好，梁王都是她救活的！遇過仙人的，吹口氣都是仙氣，我家三郎也是她救的！」

因為吹得太過離譜，杜清檀難得不好意思起來，只是天生皮膚冷白，那紅色透不出來，瞧著還是斯文沉穩的模樣。

周娘子卻不知道這些，目光熱切地盯著她道：「還請大夫幫我們蘭娘瞧瞧，她這病好幾年了，時發時不發的，飯也吃不起，瘦得皮包骨。」

小女孩兒膽怯地看著杜清檀，一張小臉黃瘦得脫了相，身上的衣衫也不乾淨，又破又爛，不過勉強蔽體罷了。

王娘子生怕杜清檀嫌棄，就大聲道：「哎呀，妳這個懶婆娘，再怎麼窮，也該把孩子洗乾淨些，這樣怎麼看啊！」

周娘子趕緊道：「哦，哦，這就去……」

小女孩兒卻又捂住肚子哭了起來，「疼，疼，我疼……」

杜清檀便叫她躺下，放鬆腹部，以指腹按壓檢查，「是哪裡疼，我若碰到，就告訴我。」

按壓結果是肚臍周圍疼痛，用手觸之，有個包塊，時聚時散。

動的時候就要疼一些，不動的時候就不疼。

杜清檀便問，「她平時解手，大便中可會有蟲子？」

周娘子難為情地道：「偶爾能見著。」

「夜裡睡覺可會驚厥、磨牙？」

「會。」

「是長蟲病，我開個方子……」她驟然停了下來，治這病常用的是烏梅丸和化蟲丸，然而大唐的藥鋪裡頭應該只有烏梅丸。

裡頭有人參，賣得肯定貴，若要周家自己買藥來吃，顯然不可能，不然也不會找上她了。

「我疼，我疼……」小女孩兒又開始哭喊。

杜清檀絕望地看著天空，她後悔了，她不該做這一行的。見了這種病患，她狠不下心一走了之，但是難道要她自掏腰包倒貼救人嗎？

門外，武鵬舉攔著楊氏不許進去，也不許出聲，一行人就在那靜悄悄地看杜清檀看病。先還像模像樣的，跟著就見她仰頭望天，一臉生無可戀，話也不說。

武鵬舉就小聲道：「多半是不會。」

楊氏雖不想讓姪女做這個，卻不願她被人嘲笑，因此很是生氣，卻又不敢得罪他，只皮笑肉不笑地扯了一下嘴角。

「您這是不服氣呢！」武鵬舉看出來了，「好好一個小娘子做這個不合適，我還是回去吧……」

正說著，就聽杜清檀慢吞吞地道：「罷了，我這有個方子，最簡單的那種，花不了多少錢，先給孩子用上，過兩日待我配好了藥，到我那裡拿。」

楊氏瞟一眼武鵬舉，腰桿立時硬了兩分。

「花幾個錢，去買十一粒使君子，四錢炒穀芽，加三片生薑，三碗水煎成一碗，給她服用。」

杜清檀起身尋找洗手的地方，卻見這家連個正經洗手盆都沒有。

王娘子咋呼著叫周娘子，「趕緊弄清水給五娘洗手，不是我說妳，看看妳家蘭娘，那手伸出來，指甲縫裡全是污泥，也是五娘心善不嫌棄。」

周娘子紅著臉不說話，從廚房裡端出半個爛瓦盆，恭敬地請杜清檀洗手。

「這病是從嘴裡進去的，若是不注意清潔，不愛洗手，吃生水生食，還會反復得，這次還算好，遇到嚴重的，長蟲鑽進膽道裡，那才要生生把人疼死。」

周娘子訴苦，「什麼都要花錢，水也要花錢買。」

杜清檀沒再勸，她這人有個脾氣，只盡應盡之責，絕不強按牛頭飲水。說到底，人各有命。

周娘子看出來她不高興，訕訕地道：「我們以後儘量注意，杜大夫這裡，不知診金怎麼算？」

杜清檀撩起薄薄的眼皮子，「妳有多少錢？」

周娘子伸出粗糙的手，亮出掌心裡的五文錢。

杜清檀象徵性地捏走一枚錢，「餘下的去給孩子買藥。」

「那……，過後還能去您那兒取藥嗎？」

杜清檀還沒出聲，王娘子已經喝道：「哎喲，妳可真敢想啊！一文錢夠幹嘛呢？診金都不夠，妳還敢問人要藥？乾脆明火執仗去搶好了！」

周娘子面紅耳赤，縮著脖子不敢吭聲。

蘭娘緊緊抱住母親的腿，驚恐地看著王娘子和杜清檀。

杜清檀淡淡地道：「藥可以拿，我家圍牆垮了一角，妳家出個人去做這件事，材料我們給。」

周娘子高興起來，激動地給她鞠躬道謝，又要孩子跟著鞠躬。

「倒也不必，各取所需罷了。」杜清檀轉過身，就看到了站在門外偷窺的武鵬舉和楊氏。

她快步走出去，四處張望，「你們怎麼來了？獨孤呢？」

「他病了，讓我來接妳，妳這……」武鵬舉指指周家的小女孩兒，「這麼簡單就行啦？」

「我有複雜的，但她吃不起。」

烏梅丸，需要十味中藥合成，裡頭還會用到人參。再不然就是一個使君子瘦肉湯，這是藥膳的範疇，對症，但裡頭會用到豬瘦肉，也是有錢有根底的人吃的。

所以她只能把這道藥膳裡頭的肉去掉，只留最簡單便宜的藥物。

「妳還挺心善。」武鵬舉若有所思地看了她一眼，「要不別做了，掙不到錢還要倒貼，圖什麼？」

杜清檀很自然地接上話頭，「也不都是窮苦病患，若是遇到梁王和十一郎這樣富貴又心善的人家，還是能補貼家用的。」

武鵬舉沒話說，倘若他不多給她一點診金，難道就不心善啦？

「妳這人，怎麼和獨孤一樣！」卻也沒有生氣。

杜清檀功利地朝他笑了笑，白皙肌膚在陽光下沁著冰雪質感，長而嫵媚的鳳眼裡水氣氤氳，柔弱又美好。

武鵬舉沒敢多看，急急忙忙地道：「獨孤非得讓我帶車來接妳，妳會不會騎馬呢？」

楊氏正想說不會，杜清檀已經很平靜地道：「不是什麼難事，很快就能學會了。」

「那改天叫獨孤教妳，騎馬方便。」武鵬舉讓人把馬車趕過來，和楊氏說道：「夫人，您要不要跟著一起去？」

楊氏斟酌再三，還是決定不去了。

既然不肯聽她安排，還得自己去走這路。

「獨孤生了什麼病？他住哪裡？」杜清檀帶著采藍上車坐好，不免關心一二。

「住我家呢，放心吧，有極好的大夫給他瞧病，我家下人也還得力。」

杜清檀便不再多話，轉而閉目養神。

長安城，東貴西富南貧賤，往北住的是皇家。

武鵬舉這位姐姐武八娘已經出嫁，嫁的河東名門薛氏，一家子顯貴，理所當然地住在了距離皇城很近的崇仁坊。

因著家裡有三品大官，直接對著坊牆外開了門，一路進去又寬又遠，下人多如牛毛。

采藍有點腳軟，低聲問道：「五娘，梁王府是不是也這樣？」

杜清檀是見過大世面的人，不過淡淡地「嗯」了一聲，以作敷衍。

還是武鵬舉看不下去，「梁王府比這個大多了！」

「還要更大！」采藍有點激動。

「出息！」武鵬舉鄙視她，「這樣沒見識，丟妳家五娘的臉。」

「丟誰的臉啊？」

高亢明亮的女聲響起，體態豐腴，簪金戴銀的武八娘大步走出，目光往杜清檀身上一掃，頗為倨傲，「妳就是杜家五娘？京兆杜氏女？」

杜清檀泰然自若，「是我，京兆杜氏五娘，見過夫人。」

身為郡王之女，武八娘沒有封號，但也養成了她目無下塵，習慣被人吹捧的性子。

因見杜清檀不卑不亢，並未諂媚上前討好自己，武八娘頗有些不爽，「妳出身名門，不在家裡好好待著，偏要拋頭露面行什麼醫，也不怕丟了家族門楣的臉面？」

杜清檀淡淡一笑，「聖人說，女子未必不如男。家中伯母老邁，堂弟年幼，我便該立世養家。護得親眷安穩，才是撐立門戶。」

提到女皇，所有人都得閉嘴。

武八娘若有所思，是了，男人輕賤女人也就罷了，為何女人也要輕賤女人？

武鵬舉打圓場，「這麼大太陽，趕緊把客人引進去，別以為人家求著給妳看啊，是我把人求來的，還是從半道上把人劫來的呢！」

武八娘用力戳了他的額頭一下，「就你能！」到底是客氣了許多。

杜清檀友善地朝著武鵬舉點點頭，「獨孤交朋友的眼光很不錯，非常明白事理且義氣。」

突然之間就被誇了，武鵬舉彷彿被噎住了似的，瞪著蛙眼，微張著口，說不出來話。

還挺可愛的，杜清檀微微一笑，自信地跟著武八娘進了內宅。

她很快看到了病患，是個十歲的小男孩，小名叫做壯實郎，卻長得又瘦又矮，脾氣還不好。

聽說杜清檀要給他瞧眼睛，就煩躁地往外跑，「不看，不看，都是庸醫，騙人的！」

「你這死孩子，欠打啊！」武八娘彪悍無比，將腳往前一伸，就把那孩子絆了個狗啃屎。

有這種當娘的？杜清檀以為自己看錯了。

跟著就看到壯實郎趴在地上尖叫大哭，邊哭邊使勁捶地板，婢女乳母怎麼也哄不好。

武八娘其實有些內疚，但見他哭得沒完沒了的，就很煩，「讓他哭，越哭越瞎！去，拿根拐杖給他，省得等會兒找不著回房的路！」

壯實郎就開始打滾，還拿自己的頭用力去磕地板。

「小畜牲，我的臉面都被你丟光了！」

武八娘氣得要命，衝上去要打孩子，卻被一屋子的下人圍住，勸的勸，拉的拉，始終也沒碰到壯實郎一下。

杜清檀嘆為觀止，天下沒有治不好的熊孩子，如果一頓打治不好，兩頓、三頓……十頓就治好了。

武鵬舉搖頭嘆息，輕聲道：「祖母溺愛得厲害，挑食，愛吃什麼就只盯著那樣吃，其他什麼都不要。請來的大夫多數都被氣走了，藥也不肯好好喝。拿著實在沒辦法，家裡求了恩典，請了給聖人瞧病的薛御醫，我姐夫親自盯著，行了針也用了藥，但沒用。之前讓他在穴位上貼個膏藥，也是當著父母的面貼上，轉過身就扯掉，下人都不敢說。」

所以就算她能治，還得這熊孩子肯遵醫囑，不然白忙活了。

杜清檀就知道，但凡輕鬆些的事輪不到她，不過也無所謂了，就是這麼自信。

「夫人。」杜清檀朝武八娘行了一禮，「令郎的病我得再看看，今夜可否留宿？」

宵禁就是這點不好，夜裡不能回家，不能亂走。

武八娘也正有此意，「我讓人準備客房。五娘飲食可有禁忌？」

杜清檀搖頭，「並無。」

她的禁忌就是不要太素了，頂好加點被黃鼠狼咬死的雞鴨鵝，或者被豺狼咬死的羊和豬。

「我和令郎說說話，夫人若是有事，盡可以去忙，不必陪同。」

武八娘不肯，被武鵬舉給拉走了，「那麼多下人盯著呢，就是因為妳們太過驕縱，才讓壯實郎變成這樣。」

杜清檀找了個陰涼舒服的地方坐下來，慢吞吞地喝茶，慢吞吞地打量壯實郎。

這是個活寶招牌啊！運用得當，比梁王有價值多了。

女人和孩子的錢最好賺，也是最適合她的客人，成年男子就不一樣了，危險因素太多。

母親和舅舅一走，壯實郎就不哭了，趴在地上朝著杜清檀喊，「妳這個女人，好大的膽子，竟敢對我不敬！」

采藍嫌棄得呲牙，杜清檀擺擺手，「莫理他。」

壯實郎就一骨碌從地上爬起來，衝到她面前舉著拳頭往她身上揍，「妳快滾！我不要妳看！」

在僕婦們出聲阻止之前，杜清檀已經抓住了壯實郎的拳頭。

她半俯了身，微眯著眼睛，聲音低沉，「別和我比這個，我可不是普通人，一拳就能打得死人。」

壯實郎果然停止掙扎，「我不信，妳吹牛！」

「要不，你找個人來，我打一拳試試？」

壯實郎大為好奇，隨手指了一個僕婦，「就她吧！」

僕婦嚇了一跳，訕笑著道：「小郎莫開玩笑，老奴不成的！」

杜清檀搖頭，「俠士之拳不打無辜之人，找個該打的來。」

壯實郎想了又想，「我知道了，昨兒不是抓了個混帳嗎？把他帶來！」

杜清檀可算知道什麼叫做富貴人家的公子爺了，那真是要風得風，要雨得雨。

話才發下去，須臾就把人領來了，全不管發話的是個孩子，提的要求是否合理。

一個十七、八歲的男僕，低著頭縮著肩，匍匐在地上不敢動彈。

「就是他，妳快去一拳打死他！」

一群奴僕面色各異地等著看杜清檀的笑話，什麼名門之女，坑蒙拐騙，哄小孩，這回看妳怎麼收場！

「五娘，讓您逞能！」采藍忍不住抱怨，「這若是打了不該打的人，惹上麻煩怎麼好？」

杜清檀贊同，「有道理，不知他犯的什麼事？」

「他偷看阿娘房裡的小憐沐浴，該打！」

確實該打。

杜清檀讓那男僕站起身來，「站直，我要揍你。」

男僕不敢不從，然而看清她的體態樣貌之後，就露出滿不在乎的模樣。

杜清檀並不囉嗦，動作快到眾人都沒怎麼看清楚，男僕已經重重地摔倒在地上。

「昏死過去了！」一個僕婦檢查過後，很有經驗地做出判斷。

一群人全傻了，所以武十一郎帶來的這位小娘子到底是個什麼路數？

之前一直覺得自家少夫人已經足夠彪悍，這位看著螞蟻都不能踩死，二話不說就能揍昏人？

壯實郎看著杜清檀，臉上放出光來。

「原來是真的！」他很高興地去拉杜清檀的手，「妳教我好不好？」

「不好。」杜清檀俯身與他對視，「除非你乖乖聽我的話，咱們不吃藥，不扎針，也能很快好起來，你想不想試試？」

壯實郎很猶豫，也不願意相信她的話，「之前那位御醫在我頭上、身上到處扎針，我很疼還很害怕。」

「我保證不給你扎針，因為我也很害怕，多疼啊！」杜清檀伸出自己纖細的手臂給壯實郎看，「你瞧，我和你一樣瘦，銀針那麼長，扎進去就到骨頭了，還會青紫。」

「就是，還要撚著針轉，又酸又麻又痛。」壯實郎深有感觸，「藥也很難吃，之前有個大夫給我開的方子，又腥又辣，我聞到那個味道就差點兒吐了。還有個大夫開的藥很苦，我每次吃了都要拉很久的肚子。」

「那是他不懂，給你清肝瀉火，以為這樣就能明目，其實不是這麼回事。」

「那是怎麼回事？」壯實郎拉著杜清檀一起坐到地上，「有人說我是撞了鬼，還有人說是因為我家阿耶和阿娘做了壞事，我是報應。」

壯實郎低下頭去，整個人蔫蔫的。

杜清檀突然對這個小霸王多了幾分憐惜，看武八娘的樣子，大概是真的很嫌棄他。不然她是沒見過哪個正常做母親的，會在孩子奔跑的時候伸腳把人絆倒。

「無知的人們，不必理睬他們。你只是太挑食了，體內缺了些東西，補養一下就能好。」杜清檀握住壯實郎的拳頭，「等你好了，我教你打拳，誰再亂說你，揮拳就給他這麼一下。」

壯實郎發自內心的高興起來，「真的嗎？妳沒有騙我？」

杜清檀微笑，「瘦子不騙瘦子。」

壯實郎轉過身去，對著家裡的奴僕們大喊，「我喜歡她，讓她給我治！」

大家都鬆了一口氣，唯獨壯實郎的乳母劉嬤說道：「五娘真會哄孩子，不過稍後治病，還要請您一定拿出真本事啊！」

這啥意思？采藍一晃膀子就要上前開撕。

杜清檀攔住她，平靜地道：「我既應了十一郎之請，就會全力以赴，斷然沒有亂來的道理。」

劉嬤勾起唇角，不以為然地輕蔑一笑，看著就讓人火大。

杜清檀並不搭理她，繼續和壯實郎聊天，「小郎君平時都玩什麼呢？有沒有念書啊？」

壯實郎不高興地道：「別問我這個，我眼睛不好，我不愛念書！」

「我想也是，若我像你這般，還要被逼著念書，那真是太痛苦了。」杜清檀說著，突然話鋒一轉，「那你一定沒有聽過紅斗篷的故事。」

小孩子都喜歡聽故事，壯實郎當即道：「妳給我講講。」

「從前啊，有個小女孩要去看她的外祖母。她的外祖母住在山林裡……」

杜清檀表情雖不豐富，卻很能調動人的情緒和興趣，該揚揚，該抑抑，還留個下回分解。

一個短故事，被她改成加長版反轉不停的恐怖懸疑故事，聽得一屋子人都愣愣的。

壯實郎更是聽得入迷，時不時就要拉著她問問，「後來呢？後來呢？」

唯有那劉嬤站在一旁，時不時地斜瞅杜清檀，再撇撇嘴。

采藍看得牙癢，恨不能學著杜清檀，甩手揮出一記左勾拳，打得她滿地找牙。

不知不覺到了傍晚，武八娘身邊的侍女來請杜清檀過去用飯。

壯實郎意猶未盡地站起身來，也要去用自己的飯。

天色不過微暗，他卻已經不怎麼看得清了，摸摸索索的。

劉嬤趕緊小心翼翼地扶住他，貼在他耳邊輕聲說著什麼，還不時看一眼杜清檀。

采藍氣死了，「我看那老奴不是個好東西，肯定在說您壞話。」

杜清檀微微一笑，「壯實郎，你要不要和我一起去夫人那裡呀？這樣，在路上我可以繼續給你講完故事。」

這是拿下訂單的關鍵時刻，她絕不給別人機會破壞！

壯實郎立刻回過身來，「要的，要的。」

劉嬤皺起眉頭，不贊同地道：「小郎，夫人並未傳喚，您貿然前往不合規矩。」

雖未明說，已經等同於罵杜清檀沒規矩了。

壯實郎就有些猶豫。

奈何杜清檀臉皮厚得不行，雲淡風輕地道：「做母親的，任何時候都是樂意見到孩子的。之前小郎不是惹夫人生氣了嗎？現下過去，夫人一定很高興。」

壯實郎又覺得有道理，「我跟妳去，若是阿娘責怪，我就說給客人引路。」

「壯實郎真聰明！」杜清檀豎起大拇指，然後伸出手，「咱們兩個瘦子一起走？」

「好！」壯實郎緊緊地攥住了杜清檀的手。

「小郎……」劉嬤要來搶人。

杜清檀淡淡地道：「夫人留我在此，便是要觀察壯實郎的病情。要不，妳來？」

劉嬤的嘴唇翕動著，卻終究沒說出話來，陰沉著臉垂了頭。

杜清檀牽著孩子的手，一路觀賞著豪宅風景，講著故事，笑咪咪地往前走。

天越黑，壯實郎越看不見，於是暴躁起來，「妳走得太快了，我不去了！」

劉嬤立時得意地趕了上來，「小郎，乳母在這裡……」

「咦，不是要學打拳嗎？有種練習方式叫聽音辨拳。」杜清檀儘量放慢腳步，用誇張的聲音說道：「厲害的俠士，只聽風聲響動，就能判斷對方的拳頭從哪裡來。我猜，小郎將來學這招的時候，一定很厲害。」

小男孩都有英雄夢，何況生在這麼一個尚武的朝代。

壯實郎紊亂的呼吸漸漸平順起來，他緊緊抓住杜清檀的手，「那妳現在就教我。」

「好，跟著我走，左腳，右腳，左、右、左，停，下樓梯，先出左腳……」

天啊，孩子真難帶！杜清檀帶著壯實郎走了一截路，汗水都出來了。

壯實郎卻是跟上了她的節奏，還漸漸高興起來，「我聽見了，左邊有水聲，那裡是荷花池。咦，我嗅到了香味，是到阿娘的院子了。」

劉嬤不甘心地上前扶他，「快到少夫人的院子了，老奴來扶小郎吧！」

「不要，妳走開，我要聽音辨拳！」

杜清檀笑咪咪，好大夫，應該致力於結成良好的醫病關係。

武八娘顯然早就得了下人的稟報，見他二人牽著手進來，也不意外，只道：「快快落坐吃飯吧，也不知道妳愛吃什麼，就備了些家常菜。」

杜清檀期盼地朝桌面看去，然後面無表情地垂下眼，並沒有肉。

是她多想了，她又不是什麼緊要的貴客，也不是熟人。

人家就算要吃肉，那也得分人。

總有一天，也會有人送她摔死的雞啊羊啊什麼的！

杜清檀文雅地吃著飯，默默觀察武八娘、壯實郎、劉嬤之間的互動。

因為壯實郎看不清楚，他的晚飯是由劉嬤一口一口餵的。

她看了一下，發現他只吃湯泡飯，至於那湯是不是肉湯或是別的什麼，就不知道了。

武八娘只在一旁看著，每每露出嫌棄的神色，「給他吃些蛋羹。」

「不要。」

壯實郎才喊了一聲，劉嬤立刻把他擁入懷中，「不吃，咱們不吃。夫人，您瞧，這……」

武八娘黑著臉狠狠咬了一口醋芹，再不願多看壯實郎一眼。

劉嬤就把壯實郎帶到一旁去，小聲安慰著，繼續餵飯。

杜清檀微笑著道：「劉嬤真是能幹，我看這麼多僕從，也就只有她能把壯實郎照顧好。」

武八娘不怎麼高興地道：「是啊，也沒見過哪家的兒郎長到十歲，還成日要乳母抱著牽著的餵飯。」

「他生病呢，痊癒之後就好了。」杜清檀明白了。

劉嬤之所以對她如此敵視，原來是害怕被她砸了飯碗。

那她要是在這住上一段日子，把壯實郎的飯食接過來操持，是不是廚娘也想趕走她？

武八娘停下筷子，探究地看向她，「妳真能看？」

「真能。」杜清檀自信滿滿，「不過……」

「不過什麼？」武八娘目光炯炯地道：「妳要多少錢？」

「不是錢的問題，我知府上富貴，為孩子更是不遺餘力。不過我的法子和別人不一樣，不用吃藥，不用扎針，用飲食進補調節。這法子一定有效，但時日會比較久，也需長期堅持遵醫囑，我怕夫人著急等不得，也怕小郎堅持不下去，反倒怪我無用。」

「妳說的是食醫嗎？」武八娘倒也不是什麼都不懂，「宮中也有食醫，但是沒人敢說自己能治這病。也就給聖人熬點湯湯水水什麼的，聖人嫌不好喝，說是沒用。」

武八娘說著，學起女皇的腔調道：「婦人有妊，不能多吃羊肉，否則孩兒容易得羊癲瘋……胡人只有牛羊肉可吃，怎不見有多少人患羊癲瘋？」

下人們笑了起來，其中又以劉嬤的聲音最響亮。

采藍又羞又氣地噘起嘴，很替自家五娘委屈。

杜清檀仍然是那副面無表情的死樣子，等著眾人笑夠了，才慢條斯理地道：「所以夫人是不打算請我給壯實郎治病了？」

武八娘不過是傲慢慣了，隨便欺負拿捏一下身分地位不如自己的人。見杜清檀語氣強硬，又跟著軟了，「開個玩笑，妳莫放在心上。關係著孩子的未來，無論如何也要試試的。妳說吧，要怎麼做？」

「能照做？」杜清檀是真嫌棄這女人。

「大概……能吧？」武八娘不確定。

「那算了。」杜清檀行個禮，拒絕了武八娘，「《素問．五臟別論》曰，拘於鬼神者，不可與言至德；惡於針石者，不可與言至巧；病不許治者，病必不治，治之無功矣。不遵醫囑，治不好病，反而敗壞我的名聲。還請夫人另請高明，我這便告辭了。今日登門所費，我會把帳結清。」

武八娘沒想到會被拒絕，一愣一愣的，直到杜清檀和采藍走到門口，才直起身子大叫道：「站住，妳回來！」

杜清檀沒理，繼續昂首挺胸往前走。

「攔住她！」武八娘喊了一聲，沒人敢動，畢竟是一拳就能把男人打昏死過去的人。

武八娘只好自己跑過去擋住路，氣呼呼地道：「妳這個人，看著一陣風就能吹倒，脾氣比我還大！放心，我會遵照醫囑。」

杜清檀仍然不肯讓步，「您能每日三餐親眼看著他服用，而不是扔給下人，再來騙我、怪我？」

武八娘氣死了，「妳這個人太招人恨了！這死孩子若是不聽話，我塞也給他塞下去，可以了吧？」

壯實郎的臉色難看起來。

「不用塞，壯實郎和我有約定，自會遵守。壯實郎，是這樣的吧？」

壯實郎微不可察地點點頭。

「去吧，去吧，煩死了！唉，我頭疼！」武八娘打發侍女領杜清檀主僕去客房，「有什麼需求，只管和小憐說。」

出了門，杜清檀第一件事就是問小憐，「不知我的婢女該在何處用飯？」

采藍感激地用肩膀碰了碰她，撒嬌似地道：「謝謝五娘。」

「已經將飯菜送至客房了。」小憐待杜清檀很是客氣，「其實夫人並沒有惡意，她就是口快心直些罷了。」

杜清檀不置可否，看到采藍的飯菜也很不錯，這才跟小憐要東西，「菠薐菜、豬肝、生薑、蔥、清酒，明日一早備好，安排人領我去廚房。」

小憐頗好奇，「只要這些嗎？不要其他藥材？」

「後期會用到一些，現在暫時不用。」

小憐便去了，沒多會兒，整個薛府都知道新來的女大夫給人治病不用藥。

杜清檀並不管這些，就著送來的熱水舒舒服服地泡了個腳。

采藍在一旁收拾床鋪，小聲抱怨，「五娘真是大方，折騰了咱們一整天，還吃了這麼多氣，吃他家一頓飯怎麼了？竟然還要算錢給他們！」

「笨！此等豪強人家，怎麼看得起我那仨瓜倆棗，我不這樣說，怎麼堵下人的嘴？」

同時還顯得她清高硬氣，以後才好和別人打交道。

當然，這話她是不會和采藍說的。

「對呀！」采藍眼睛一亮，崇拜地道：「五娘越來越能幹了！」

杜清檀一笑而已，琢磨著是不是得趁這個機會，敲薛家的竹槓，訂製一套專用的菜刀。

畢竟要把藥膳做得好吃地道，刀工也很重要的。

萬一哪天她做著做著，女皇聽聞她的大名，也召她入宮，給她封個官呢？

有了官身，這些人就不能隨便欺負她了。

第十六章 都是因為不甘心

天邊剛露出一絲魚肚白，杜清檀就起了身。

薛府送來的早飯雖然還是沒肉，花樣還行，有蜜製饊子、湯餅和蛋羹。

杜清檀吃飽喝足，精神抖擻地跟著小憐去了廚房。

采藍和小憐搭上了話，很快弄清楚她為何如此客氣的原因。

她就是被杜清檀一拳揍暈的那個男僕的受害者。

「打得好！」小憐崇拜地看了杜清檀一眼，「其實後來我又拿棍子打了他一頓，之前不敢，見五娘打了，主家沒說什麼，我才覺得自己也是可以動手的。」

「確實打得好！」采藍頗為贊同，「他活該被打！」

杜清檀但笑不語，一個更比一個彪悍，迄今為止，她還沒見著過那種真正嬌弱的。

胖胖的廚娘和她的下手們，團團圍在杜清檀身邊，好奇又不以為然。

聽說還是名門望族出來的小娘子，能做什麼飯？

采藍頗有壓力，杜清檀卻是不動如山，一群人把光線全擋住了，她也不急，直接把手往身邊一伸，「刀！」

她右手邊站的就是廚娘本人，廚娘一個沒反應過來，就已經把自個兒用的刀順手遞過去了。

杜清檀掂了掂，評價，「還行。」

廚娘不太高興。

那隻素白纖細的手又伸了過來，「豬肝。」

廚娘「哼」了一聲，翻著白眼讓開了。

其他人見她走開，也趕緊跟著走開，生恐惹她不高興。

采藍終於得以擠到杜清檀身邊，幫著清洗菠薐菜。

杜清檀聚精會神地打量著面前的豬肝，這是一塊精挑細選得來的肝，上面還殘留著些微溫度。

粉嫩、均勻、柔軟，用指甲輕輕一掐，就會留下一個小切口，很好。

清水洗淨，手起刀落，「篤篤篤」一陣均勻的響聲過後，豬肝已經變成了大小厚薄均勻的片狀。

再入清水洗淨血水，加薑片、蔥花、清酒、醬油，醃製一刻鐘。

鍋中放入薛家高價買來的山泉水，再放一勺味道最好的頭道油，加入少許鹽燒開。

之後放入菠稜菜汆燙，撈起，過冷水，擠乾，切段備用。

到這裡，采藍就開始趕人，「接下來是祕訣了，不能偷看。」倨傲的廚娘又「哼」了一聲，甩著豐滿的胸和臀走開了，其他人不想走，被采藍小氣地趕走。

「大火。」杜清檀一聲令下，采藍便把灶火燒到最旺。

鐵鍋被燒得滾燙，一勺清亮的冷油倒進去，跟著「刺啦」一聲響，豬肝入了鍋。

爆炒豬肝的要點是滾鍋冷油，如此才能保持豬肝的脆嫩。

鐵勺翻炒，油的溫度越來越高，香味飄了出來。

廚房外的人們嗅到了一股神祕噴香的味道，口腔開始瘋狂分泌唾液。

「這是在做什麼呀？」

他們小聲議論著，悄悄往裡張望。

「做法似乎有些奇特，聽到了水入滾油的聲音。」

「有蔥薑的香味，似乎從不曾嗅到過這麼濃烈的香味。」

杜清檀聽得清清楚楚，那當然了，這會兒還沒人會炒菜呢，都是煎炸蒸煮。

豬肝變色，她果斷停手，泉水入鍋，滾開之後加入菠稜菜，撒鹽，起鍋。

粉粉的肝片搭配著碧玉般的菠稜菜，帶著濃香的熱氣嫋嫋升起。

采藍已經饞得不知道該怎麼形容了。

杜清檀慢條斯理地舀了一碗，享受地瞇著眼睛幫壯實郎「嚐味道」。

呀，真不錯！豬肝嫩脆，菠薐菜鮮甜，不腥不爛，香味悠長。

今日食材、調料都很豐富新鮮，廚具用著也還算順手，她的技術算是發揮了十成十。

優秀的藥膳師，必須又通醫理藥理，又精於庖廚之事，不然做出來的膳食沒人吃，也就失去了意義。

杜清檀慢吞吞嚐了半碗，「每一樣食物都是珍貴的，必須善待並珍惜。不錯，可以盛好送去給壯實郎了。」然後順手把剩下的半碗遞給采藍，「妳也學學，萬一以後我不方便，就要由妳補上。」

就連藉口都幫著想好了。

「五娘！」采藍感激地捧著碗，嘴唇動了兩下，最終決定用行動表示，三兩口就把豬肝菠薐菜湯全吃光了，本想舔一舔碗的，沒好意思。

真好吃啊！比之前吃過的豬肝筍子粥還要好吃很多！

主僕二人捧著一碗帶著神祕氣息的豬肝菠薐菜湯，穩重地走出了薛家的廚房，身後跟著不甘心的廚房人。

她們也是去給壯實郎和武八娘送早飯的，順便看看壯實郎肯不肯吃這碗菜湯。

武八娘和壯實郎已經坐到飯桌旁，兩人都是同樣期待的表情。

劉嬷立在一旁目光閃爍，看到那碗菜湯就微微冷笑起來。

壯實郎從不吃腥味重的食物，何況這是下賤人吃的豬下水，這可真是老天助她！

果不其然，壯實郎先就捏著鼻子道：「好腥臭，我不吃這個！拿走，拿走！」

劉嬤上前躬身行禮，「五娘可能不知道，壯實郎從不吃這些的。」

杜清檀二話不說，只用一種微妙的目光看向武八娘。

武八娘有些火大，板著臉道：「有妳什麼事？好好的孩子就是被妳們這些刁奴慣壞的！」

劉嬤臉色慘白，退下去前給壯實郎使了個眼色。

壯實郎就要仰面往後倒，準備開鬧。

「你敢！」武八娘指著他惡狠狠警告，「看我不揍死你！」

杜清檀連忙攔住她，溫聲細語，「壯實郎，這可不是一般的豬肝，是我特製的，世上獨一份，味道非常好，完全不腥。還有，你答應過的事，是要不作數了嗎？俠士最重要的就是一諾千金啊！」

壯實郎看看凶神惡煞的親娘，再看看和顏悅色的杜清檀，理智地選了有利的方向。

他捏起銀匙，小心翼翼地喝了一口湯，然後呆坐不動。

室內鴉雀無聲，都在等他回饋。

壯實郎又喝了一口湯，吃了一根菠薐菜。

杜清檀再次提醒，「一諾千金。」

他不情願地舀了一片豬肝放入口中，皺成一團的臉慢慢鬆開，他用極緩慢的速度咀嚼起來。

「好吃！」他衝著杜清檀露出笑臉。

杜清檀鬆了一口氣，自信而笑。

「好吃你就多吃點！」武八娘鬆口氣的同時，聲音更大了。

壯實郎胃口不好，吃了半碗就放下了碗筷。

武八娘罵罵咧咧地接去嚐了一口，臉色微變，「真不錯！」

杜清檀微微頷首，「謝夫人誇獎。」

武八娘感嘆，「真沒想到妳廚藝這麼好，壯實郎長大後，我是第一次看到他吃飯這樣乖。」

「夫人說得沒錯，其實壯實郎並非身有頑疾，也和父母雙親無關，主要病因還是太挑食。如若什麼都吃一點，是不會得這病的。」

杜清檀這話得了武八娘的好感，「想必妳是聽說了那些傳言，我和他父親總想著是不是自己私德不修，這才遭了報應。」

「這話錯了，世上壞人惡人多了去，也沒見幾個遭報應的。」

「也是。」武八娘被觸及心事，目光微閃，欲言又止。

杜清檀期待地眨了眨眼睛，一般這種表情，都是有事相求，她已經做好了準備，武八娘卻把臉轉開了。

「五娘，依妳所言，壯實郎只要好好吃飯就能痊癒。我看他還願意吃妳做的飯，要不，妳來我家長住，專職替他調養身子如何？」武八娘很是豪氣地開了價，「我知道妳家貧弱，急需用錢，妳一個小娘子在外拋頭露面討生活不容易，我不會薄待妳。除了提供食宿外，一個月給妳五千錢，如何？」

杜清檀沒吱聲，默默計算。

此時長安的米價是十五文一斗，五千錢就是三百三十三斗米。

本朝每斗米折算六斤，那就是二千斤米的收入。

以杜家現在的情況來看，確實不錯了，畢竟他們曾經是為了幾百文錢折腰的人。

但若是以她的本事來看，還差了點兒。

只是萬事起頭難，名頭還未打響，確實不好索要高價。

也罷，等到後面初見成效再談好了。

她正要開口應下，武八娘已經不高興地道：「六千錢，不能更多了，若是妳的法子真有用，自會漲上去！」

杜清檀頓時看武八娘順眼許多，誰不愛豪爽大方的金主呢？

但她也沒露出特別高興的樣子，只淡淡頷首，「我會讓夫人知道，什麼叫做物有所值。」

武八娘笑了笑，「妳要長住，且看看客房裡還差什麼，給妳補齊。」

杜清檀很自然地接上去，「我沒別的要求，就是要一個單獨的小廚房，以及一套訂製的刀具。」

「都給妳。」武八娘理解。祕術嘛，肯定不能被別人偷了去。

杜清檀非常滿意，「稍後我會把刀具的圖紙送過來，就要煩勞夫人了。」

要長住在此，她肯定得回家交待一番，再拿些行李和衣裳之類的，於是趁早告辭出門。

武八娘很貼心地道：「給妳派個車。」

雙方都很有合作的誠意，算是其樂融融。

杜清檀走出房門，但見廊下站著兩個年輕婦人，一人抱著個大約兩、三歲的男童，另一人牽著個約五、六歲的男童。

見她出來，都好奇地盯著她看，五、六歲的那個男童小聲道：「姨娘，這位姐姐……」

那婦人連忙捂住他的嘴，抱歉地對著杜清檀笑了笑。

杜清檀不明白他們的身分，便只頷首示意而已。

待上了車，采藍就開始通報情況，「剛才那幾位是壯實郎的庶母和庶弟。」

「妳很不錯！咱們替人幹活，不多管閒事，卻也要耳聰目明，心中有數。待我得了工錢，給妳二百文做私房錢。」

「婢子就知道，跟著五娘能有肉吃！」采藍開心極了，滔滔不絕地把打聽到的情況說給杜清檀聽。

因為壯實郎的夜盲症，武八娘夫婦不敢再生孩子，就怕再來一個病孩子，實屬丟人。但薛家是大戶人家，有頭有臉，自然不能只有一個病孩子做繼承人。

於是薛鄂，也就是武八娘的丈夫，壯實郎的爹，又收了兩房妾室。

這兩房妾室很爭氣，生的都是兒子，而且非常健康強壯。

人比人得死，貨比貨得扔。

倒顯得是武八娘一個人的問題了，於是她更加不敢生孩子，並為此生疏了夫妻情分。

所謂的彪悍、刻薄、嫌棄，都是因為不甘心。

杜清檀瞬間懂了武八娘之前的欲言又止。

所以治好壯實郎意義重大，而且還可能再持續發展另一樁生意——替武八娘調養身體！

好一條康莊大道啊！

她用力拍著采藍的肩，誇道：「很好，再獎妳一百文，若再立功，還可以繼續獎賞。」

采藍興奮地跳起來，「這麼說，我就有三百文了？自己的錢？」

「嗯，妳一個人的。」杜清檀覺得她真可愛，不由得帶了笑。

采藍就開始掰著手指算數，「五十文一斗米，三百文就是二十斗米，夠咱們家吃一個月了！」

「只算妳自己即可，以後養家有我。」杜清檀看看她那身破敗的衣裙，「稍後帶妳去添兩身衣物，出門在外，要體體面面的。」

「五娘……」采藍靠在她身上蹭了蹭，眼圈紅了。

楊氏則擔心得一夜沒睡好，聽說杜清檀要去薛家長住，第一個不同意。

「那不行！非親非故的，妳一個未出閣的小娘子搬去長住不合適。」

「大伯母是擔心被人說閒話吧？」

「正是，妳年輕，不懂得名聲對於女子的重要。壞了名聲，別說是行醫，做個針線活兒都要被嫌棄。稍後我與妳同去，和他家分說清楚，就這麼定了！」

杜清檀氣得無語，話說她去了這一天一夜，男主人是什麼樣子都沒見著，怎麼就壞了名聲呢？

楊氏以為她不肯，發狠道：「我是一家之主，我說了算！相比讓妳受委屈被人戳脊樑骨毀了一輩子，我寧願挨餓受窮！」

采藍緊張地看向杜清檀，都不知道該怎麼辦了。

「大伯母去和薛家打個招呼也行。」杜清檀決定以退為進。

很多時候，之所以反對，是因為不瞭解。

大伯母要表達長輩的關心愛護，那就去。

於是她們什麼行李都沒收拾，又坐上薛家的車折返回去了。

武八娘見了楊氏，非常意外，「您這是？」

楊氏不卑不亢地行禮與她見過，開門見山，「承蒙夫人相信我們五娘，願意讓她替令郎瞧病，所給待遇如此豐厚，小婦人不勝感激，只是我家雖然沒落，也算出身名門，不好敗壞家族名聲，五娘的爹也做過官……她尚且未婚，家又在長安，實在沒道理長住夫人家中。」

武八娘懂了，若有所思地盯著楊氏看了半晌，鄭重地道：「難得您這個伯母如此愛惜姪女，既如此，我也不強求，只是這孩子的飯食……」

「我們早上過來，晚上回去。」

武八娘看向杜清檀，「妳覺得如何？」

「只要好好吃飯，兩頓也夠了。」

杜清檀自然不想來回奔波，但看她們已經達成協議，也只好答應下來。來回走走，就當是鍛煉身體了。

於是楊氏先回去，她和采藍留下來準備下一頓飯食。

武八娘雷厲風行，單獨的小廚房已經收拾出來，裡頭該有的油鹽醬醋調料一應俱全，又有各種米糧乾貨，任由她自取。

此外，還配了一名打雜的粗使婆子，負責燒火、洗刷、清掃。

小憐把一本帳冊遞給杜清檀，「這屋裡有的東西都記在上頭了，您清點一下，若有短缺，及時補上，新鮮的食材需要提前說。」

杜清檀就抱著帳冊點了一遍東西，然後忍不住發了會兒呆。

薛家真有錢，也真大方。

乾貨裡頭有各色魚乾也就罷了，竟然還有海參、鮑魚！

「夫人聽了五娘的話，感觸很深，家裡有的食材都拿出來了，就是希望壯實郎能夠快些好起來。」

「會的。」這麼好的條件，她一定要成功，「不知府上有哪些鮮花？」

「是要擺盤用的嗎？」小憐數給她聽，「牡丹、辛夷、茉莉、春蘭……」

「茉莉，要新鮮整齊的，才剛綻放那種，開敗了的不要。」杜清檀提起筆，寫下一張方子，「還要這上面的幾種藥材。」

沒多會兒，一只裝滿雪白茉莉花的水晶碗被送了過來，滿屋馥郁芬芳。

采藍陶醉不已，「五娘要做頭油嗎？」

「為何這樣想？」

采藍很小聲地道：「正好他家廚房乾淨，油又好，茉莉花還不要錢，咱們悄悄浸一瓶也沒人知道。」

杜清檀便一本正經地道：「頭油不值錢，要就拿海參、鮑魚。」

「那不行！這是偷盜，要犯律法的！」采藍反對。

「做頭油不是偷盜嗎？」杜清檀翻了個白眼，「滾去幹活！」

又是被偷窺、被議論的一天。

因為杜清檀要趕回家，壯實郎的晚飯比以往吃得早很多。

劉嬤拉著他過來，為難地道：「也不知道能不能吃得下，說是早上太油膩，晚上再也不想吃什麼肝了。」

杜清檀照舊無視劉嬤，只叫壯實郎過來，「怎麼可能頓頓給你吃一樣的食物，掀開蓋子瞧瞧是什麼吧！」

秘色瓷湯碗，罩著金蓋子。

壯實郎揭開蓋子，鮮香迎面撲來。

半稠半透明的羹湯彷彿一汪水灣，絲絲點點的白色物質彷若小魚嬉戲其中，水面點綴著鮮嫩碧綠的蓴菜。

清爽而美麗，與其說是食物，不如說是圖畫。

壯實郎垂眼看著，竟然捨不得吃。

「嚐一點？」杜清檀誘哄他，「這道菜是我特意為你烹煮的魚戲荷葉間，世間獨一無二。」

壯實郎沒能抵擋住「獨一無二」的誘惑，嚐了一口，然後鮮得差點兒掉了舌頭。

清香鮮美，甘甜微鹹，一口下去，狂躁的胃部得到了滋潤，舒服熨貼。

他不顧劉嬤的暗示，埋著頭一口氣吃光了整整一碗羹，然後追著杜清檀問，「還有嗎？」

「沒有了，你平時吃得不多，胃小，也不能一下子吃太多。」杜清檀笑咪咪地遞了一只瓷瓶過去，「來，若是饞，閒時可以喝這個，甜的哦！」

壯實郎立刻打開蓋子嚐了一口，然後滿足地瞇上了眼睛。

「五娘，真好吃！」壯實郎高興地拉著杜清檀的手，「明天再給我做好吃的，好不好？」

「當然好啊！」杜清檀給旁觀的武八娘使了個眼色。

武八娘欣慰地摸了摸壯實郎的頭，「真乖。」

壯實郎難得聽母親誇讚，激動得直打哆嗦，活蹦亂跳地跑出去玩了。

武八娘的神色就很複雜，「妳做的是什麼？」

杜清檀沒有隱瞞的意思，「蕁菜黃魚羹，喝的是桑麻蜜飲，魚羹開胃益氣，桑麻蜜飲輔助治療眼疾。」

黃花魚富含壯實郎眼疾所需的物質，與蕁菜搭配，開胃、消積食，對壯實郎這種不愛吃飯的小孩子特別有療效。

桑麻飲是用搗碎的黑芝麻和桑葉煎煮取水，再調入蜂蜜而成，香香甜甜，小孩子很難拒絕。

武八娘嘆息，「即便治不好眼疾，他能多吃點飯，長得高大壯實些，少生病，我也感激妳的。」

杜清檀樂了，「夫人真是直性，咱們才開始，您就說治不好，萬一我為此偷懶藏私怎麼辦？」

「妳不是那樣的人，我看妳家大伯母就知道了，端正，講規矩，如若妳偷奸耍滑，只怕她先就替我收拾妳！」

「哈哈哈……」杜清檀難得開懷大笑，「夫人真是妙人！您這般信任於我，我也贈送您一份小食。」

她拍拍手，采藍端出一只碧玉碗，揭去銀蓋，茉莉芬芳撲鼻而來。

玉白米粥熬到剛剛好，晶瑩剔透，幾朵茉莉鮮花點綴其中，又有鮮紅的枸杞子、翠綠的青菜絲作配，確確實實的賞心悅目。

武八娘好奇問道：「這又是什麼？」

「枸杞茉莉花粥，枸杞清肝明目，茉莉美白滋潤肌膚，大米潤肺滋陰。此粥不但能美容養顏，還可健身減肥。」杜清檀遞過銀匙，「您嚐嚐？」

武八娘聽她說得一套又一套的，當即先嚐為敬。

芬芳縈繞口腔，再從鼻端釋出，整個人都清新起來。

米香回甘，鹹味剛好中和了那一絲平淡。是一碗好粥。

被這碗粥滋養過的武八娘打開了話匣子，「妳這個食醫，能治女人病嗎？」

杜清檀如願以償，「那是自然，女人如花，三分靠天生，七分靠保養。」

「三分靠天生，七分靠保養……」武八娘很激動，她長得一般，加上這些年婚姻不順，操心孩子的病，整個人的狀態很不好，顯老、憔悴，還長斑。

「妳懂得這保養之術？快說來聽聽。」武八娘看著杜清檀那吹彈得破的雪白肌膚，眼裡放出狼一樣的綠光。

「哎呀，天快黑了，我得趕緊回家啦！」杜清檀毫不留情地起身告辭。

武八娘意猶未盡，卻也只好等著次日再說。

「得弄個車。」采藍和杜清檀商量，「崇仁坊和永寧坊隔了四個坊區，每天這麼趕路，得把腿走斷。」

「養車麻煩，家裡沒地方放，買馬吧！」杜清檀笑了起來，誰能想到初春之時衣食皆無著落，如今居然也要養馬了！

「可是我們不會騎啊！」采藍突然想起來，「獨孤公子不知好點沒有，可以請他教我們。」

「明日備點禮，讓大伯母帶著團團去看看他。」

杜清檀在回去的路上，順便幫自己和采藍各買了兩身衣裙。

都是方便勞作的窄袖衫，顏色也素淡，另外又挑了一塊粗布，準備做圍裙。

楊氏翹首以盼，看到她們回來便鬆了口氣，張羅著要擺晚飯。

「我們吃過了。」

采藍也點頭，「吃得比家裡好多了，魚羹呢！」

團團委屈，「我也想吃。」

楊氏很無奈，「薛家為給孩子治病才弄了這些東西出來，妳這婢子嘴上無遮攔，給人家帶來麻煩怎麼辦？」

采藍連忙捂住嘴，誠心誠意地認了錯。

杜清檀叫她過去幫忙，之前答應周家配的烏梅丸，前日楊氏已去藥鋪抓齊了藥，烏梅用醋泡了一夜，現下可以配起來了。

楊氏等人吃過晚飯，也來幫忙，說起周家，「帶了修整圍牆的工具來，半日工夫就弄好了，手藝還行。」

「那就好，蘭娘腹痛緩解了嗎？」

「說是緩解了，還繼續按著妳給的方子吃著，但這牆也修得太貴了，嘖嘖嘖，人參呢！」

楊氏不喜歡于婆這種口氣，「用量也不是很大，左鄰右舍的，結個善緣罷了。」

杜清檀並不參與這些討論，待到蜜丸煉製完畢就起身洗手，「不白送，送不起，給這個不給那個就會得罪人，一律按成本售賣。」

尋常百姓生活艱辛，小孩子和大人患蟲病的都不少，卻又配不起這烏梅丸。

藥鋪裡的太貴，她按成本賣，已是做善事、結善緣。

是夜，杜清檀忙到近三更才睡下，次日晨鐘才響便出了門。

正想著得趕快些，別耽誤了壯實郎的早飯，老于頭居然牽出來一頭驢。

「五娘騎這個去。」老于頭摸一把驢背，幾根毛隨著他的動作飄飛下來。

是獨孤不求的老禿驢。

「牠怎會在這裡？」杜清檀驚了。

「昨日裡有人送來的，說是獨孤公子病著，養在邸店不放心，送來咱們家養著，過後一併結算養料錢。閒著也是閒著，不如給五娘代步，就當給牠遛遛彎、消消食了。」

老禿驢對著杜清檀嘟嚕一下嘴唇，翻出一排牙，然後飄下兩根毛。

「他倒是愛惜這老驢。」杜清檀嫌棄得不行，「我不要騎。」

楊氏趕出來遞過一個包袱，「妳的圍裙。」

昨天還是布，現在就成了圍裙。

「下次不許熬夜了，沒這麼急。」杜清檀看著楊氏滿是血絲的眼睛，用力抱了她一下，「我走啦！家裡有事就來說，我很快回來。」

楊氏把杜清檀和采藍送到坊門，瞧不見背影了，才揉著眼睛回去。

于婆安慰她，「五娘能靠著本領立足，又是在薛府那樣的富貴人家，是好事，哭什麼呢？」

「妳不懂。」但凡她爭氣些，也不會讓孩子這樣辛苦委屈。

「辛苦委屈」的杜清檀嗅著清冽的空氣，興奮地旁觀了一番官員上朝的熱鬧景象。

那是真熱鬧，也是真早，有些人騎在馬上打呵欠瞇瞌睡，一搖一晃的，瞧著都辛苦。

薛家住的崇仁坊就在皇城邊上，上朝不必趕早。

以至於杜清檀走到薛府門前，正好遇到壯實郎的爹，薛鄂。

薛鄂大概三十多歲，長得高大壯實，留著短鬍髭，神色冷漠威嚴，穿著緋色官袍，腰間的銀魚袋在火光下閃閃發光。

他站在府門前，恭敬地和一個穿紫衣配金魚袋，身形高挑的男子說話。

杜清檀並不想招人眼，便帶著采藍立在道旁靜等他們離開。

都是要上朝的人，想必耽擱不了太久。

果不其然，片刻後，薛鄂和紫衣男子一前一後上了馬。

二人騎著馬，邊走邊談，慢吞吞地從杜清檀站立的地方走過去。

杜清檀眼看他們過去了，便拉著采藍往前走，不想才走了兩步，身後突然傳來一聲爆喝，

「誰在那裡!?」

緊跟著，急促的腳步聲響起，兩把裝飾著龍鳳環的儀刀捲著風聲橫過來，硬生生停在二人面前不到一寸遠的地方。

「啊！」采藍短促地尖叫了一聲，一個踉蹌，險些摔倒在地。

杜清檀一把扯住她，平靜地報出身分，「我是來給薛家孩子治病的大夫。」

說食醫人家聽不懂，她都只說自己是大夫。

然而那兩個手握長刀的侍衛並不肯相信，反而逼著她們轉過身去面對眾人。

「薛司馬，這是您家的大夫嗎？」

薛鄂盯著杜清檀和采藍看了片刻，不太確定地道：「大概……是吧？」

紫衣男子輕笑起來，聲音如同羽毛般輕輕拂過耳朵，酥得人心微微顫抖。

「平梓，你可真有趣，是不是你家的大夫，你竟然不能確定？」

他隔著燈火看向杜清檀，目光流轉如月華，溫潤如玉。

「郡王有所不知，下官忙於政務，家事都是拙妻打理。這位大夫才來不久，又是女醫，故而未曾見過。之所以不確定，是因為這位姑娘容色太盛，不像醫者。」

紫衣男子淡淡一笑，「放了她們吧！」

目送薛鄂等人遠去，采藍用力拍拍胸口，「真是的，五娘快成神醫吧！」

杜清檀笑笑，「會的。」

這就是來自權勢、階級的壓迫，無時無刻，無處不在。

就連生得好，也能不像大夫。

因為在多數人眼裡，能做事的女人就不能長得太好看，長得太好看的女人大多被歸類為花瓶。

不過倒也不值得抱怨，她加快腳步，「快些，別耽擱了。」

小憐早就等不及了，看到她們就道：「怎麼才來？少夫人問過好幾次了。」

采藍連忙辯解，「早就來了，恰好遇到薛司馬上朝，就等了會兒。」

小憐認真地看了她們一眼，突地笑道：「見到主君了嗎？」

杜清檀沒放過小憐眼中一閃而過的情緒，平靜地道：「貴人威嚴，不敢相擾，我二人便在街邊角落靜候貴人離開。不想卻被侍衛發現，用刀逼著我們求證身分。薛司馬不認識我，是那位同行的貴人下令放了我們。」

「同行的貴人？」小憐的關注點被轉移了，「什麼貴人？」

全八冊，未完待續

國家圖書館出版品預行編目資料

粉妝膳謀／意千重 著 . -- 初版 .
-- 臺北市：東佑文化事業有限公司，2024.10
冊；　公分 . --（小說 house 系列；660）
ISBN　978-986-467-464-0（第 1 冊：平裝）

857.7　113013390

小說 house 660 > 粉妝膳謀 · 卷一

作者：意千重
美術總監：T.Y.Huang
美術編輯：賴美靜
企劃編輯：江秋阮
發行人：黃發輝
出版者：東佑文化事業有限公司
地址：103022 台北市南京西路 61 號 5 樓
電話：02-2550-1632
傳真：02-2550-1636
E-mail：tongyo@ms12.hinet.net
網址：http://tongyo.pixnet.net/blog
劃撥帳號：18906450
戶名：東佑文化事業有限公司
登記證：行政院新聞局局版台業字第 5360 號
法律顧問：黃玟錡律師
出版日期：2024 年 10 月初版一刷
定價：290 元

書店總經銷：旭昇圖書有限公司
地址：235026 新北市中和區中山路二段 352 號 2 樓
電話：02-2245-1480　傳真：02-2245-1479
出租總經銷：華中書局
地址：108056 台北市萬華區長泰街 34 號
電話：02-2301-5389　傳真：02-2303-8494

阅文集团　本書由閱文集團授權出版
原著作名／美人羸弱不可欺